FACSI FR...... WCH

I Del

Tacsi i'r Tywyllwch

GARETH F. WILLIAMS

Argraffiad cyntaf: 2007
ISBN 086243 943 4
ISBN-13 978 0 86243 943 9

Mae'r cynllun Stori Sydyn yn fenter ar y
cyd rhwng yr Asiantaeth Sgiliau Sylfaenol a
Chyngor Llyfrau Cymru. Ariennir y llyfrau
gan yr Asiantaeth Sgiliau Sylfaenol fel rhan
o Strategaeth Genedlaethol Sgiliau Sylfaenol
Cymru ar ran Llywodraeth Cynulliad Cymru.

Argraffwyd a chyhoeddwyd gan
Y Lolfa, Talybont, Ceredigion SY24 5AP.
gwefan www.ylolfa.com
e-bost ylolfa@ylolfa.com
ffôn 01970 832 304
ffacs 832 782

1 Y DYN TENAU

Naw mis.

Dyna'r cwbwl roedd ganddo i fyw. Naw mis. Dyna oedd barn y meddygon.

Naw mis ar y mwyaf. Naw mis i eni babi, a naw mis i ladd dyn canol oed. Ac ar hyd y naw mis, byddai'r afiechyd oedd y tu mewn iddo yn bwyta'i ffordd i fyny at ei galon.

Naw munud oedd gan y dyn ifanc oedd efo fo. Naw ar y mwyaf. Wrth gwrs, doedd y dyn ifanc ddim yn gwybod hynny. Go brin. Roedd yn gwenu ac yn dangos ei ddannedd gwynion, perffaith. Doedd o ddim hyd yn oed yn amau. Roedd o mor iach, damia fo. Mor coci, meddyliodd y Dyn Tenau. Yn union fel roedd Leonard wedi dweud y basa fo.

"Mae o'n credu 'i fod o'n hollol saff," oedd geiriau Leonard. "Dydy o ddim yn credu 'mod i'n ama' dim. Mae o'n credu 'mod i'n ddwl." Roedd Leonard wedi ysgwyd ei ben yn drist. "Mae sawl un wedi gneud y camgymeriad yna, dros y blynyddoedd. Wedi meddwl fod dynion tew yn ddynion dwl. Ro'n i wedi gobeithio fod hwn yn gallach. Wyddost ti be wna'th o?"

"Dw i ddim isio gwbod."

Edrychodd Leonard ar y Dyn Tenau dros y ddesg. Yna nodiodd yn araf.

"Wrth gwrs."

Estynnodd Leonard fag o jeli-bebis o ddrôr ei ddesg a'i gynnig i'r Dyn Tenau. Ysgydwodd hwnnw ei ben. Tynnodd Leonard un coch o'r bag a'i ddal o flaen ei geg fach dwt.

"Mae Ian wedi fy siomi," meddai. "Fy siomi'n fawr. A dw i ddim yn leicio cael fy siomi."

Brathodd ben y jeli-bebi i ffwrdd. Eisteddodd yno'n cnoi fel broga anferth.

Cafodd y Dyn Tenau drafferth i gadw wyneb syth. Roedd Leonard yn amlwg wedi bod yn gwylio gormod o ffilmiau gwael.

Gwenodd yn awr wrth feddwl am y peth.

"Be sy?" Roedd y dyn ifanc, Ian Parry, hefyd yn gwenu. Gwenu fel giât, ei ddannedd yn wyn yng ngoleuni gwan dashbord ei BMW. "Pam wyt ti'n chwerthin?"

"Dw i ddim yn chwerthin," atebodd y Dyn Tenau. "Gwenu dw i."

Edrychodd ar ei wats.

Chwe munud.

Unwaith eto aeth dros ei sgwrs efo Leonard.

"Na, dwi ddim yn credu y cei di unrhyw drafferth. Fydd o ddim yn disgwl i ti, o bawb... Wedi'r cwbwl, chwara teg, dwyt ti ddim yn edrach fel set ti'n gallu..."

Dechreuodd Leonard wichian chwerthin. Yna gwelodd rywbeth yn llygaid y dyn arall. Rhywbeth tywyll iawn. Trodd ei wyneb pinc yn wyn. Clywodd arogl ei chwys ei hun, hen chwys oer a sur. Gallai'r Dyn Tenau weld y dafnau'n dod i'w wyneb, fel bybls ar flymonj.

Daeth eu cyfarfod i ben yn sydyn iawn ar ôl hynny.

"Dw i angen prawf," atgoffodd Leonard ef.

Roedd y Dyn Tenau wedi troi oddi wrth y drws i edrych arno.

"Fod Ian wedi... ysti..." Llyncodd Leonard weddill ei jeli-bebi'n nerfus. "Fod Ian... ddim hefo ni, mwyach."

Prawf. Dim problem.

Pum munud.

Roeddant ar gyrion y stad ddiwydiannol erbyn hyn. Doedd y Dyn Tenau ddim yn byw yn y dref, ond roedd o'n gwybod ei ffordd o gwmpas yn reit dda, gan iddo fod yno am ddau ddiwrnod cyn mynd i weld Leonard. Roedd o wedi gyrru o gwmpas cyn dod ar draws yr hen stad ddiolwg yma, ymhell o bobman arall. I'r dim.

Heno, roedd o wedi trefnu efo Leonard fod Ian yn ei godi y tu allan i'r orsaf, er mwyn i Ian feddwl mai dim ond newydd gyrraedd y dref roedd o, ar y trên olaf.

"Y nesa ar y chwith, plîs," meddai'r Dyn Tenau.

Ufuddhaodd Ian. Doedd o ddim yn sylweddoli bod y Dyn Tenau'n edrych arno drwy gornel ei lygad. Roedd Ian yn ei ugeiniau hwyr, efallai. Gwallt golau wedi'i dorri'n gwta, siwt Armani, esgidiau Gucci, wats Rolex am ei arddwrn. A'r BMW, wrth gwrs, efo'r system sain ddrud. Y peth cyntaf wnaeth y Dyn Tenau, ar ôl rhoi ei fag ar y sedd gefn a dringo i mewn i'r sedd flaen, oedd diffodd y CD. Cerddoriaeth tecno, os mai 'cerddoriaeth' oedd y gair iawn.

Agorodd Ian ei geg i brotestio, ond trodd y Dyn Tenau ac edrych arno. Caeodd Ian ei geg. Rŵan, roedd o'n amlwg yn ysu am gael mynd adref i'w fflat foethus ger yr harbwr. At y bishyn fach boeth, benfelen oedd yno'n aros amdano. Oedd, roedd gan Ian Parry bethau gwell i'w gneud am hanner nos ar noson wlyb yn niwedd Rhagfyr.

Tri munud a hanner.

"Y nesa ar y dde, plîs. Y drydedd uned, ar y dde... Cerwch rownd i'r cefn, plîs. Diolch."

Mae cwrteisi mor bwysig, meddyliodd. Yn enwedig yn yr oes sydd ohoni heddiw. Ac ar ben hynny, mae o'n helpu'r person arall i ymlacio. Fel yr Ian yma, er enghraifft. Dydi hwn ddim yn disgwyl i rywun cwrtais fel fi ymddwyn fel y bydda i'n ymddwyn mewn...

Edrychodd ar ei wats. Damia, roedd o ddau funud allan ohoni.

O, wel. Llai o amser i Ian, dyna'r cwbwl.

"Fama?"

Nodiodd y dyn. Edrychodd Ian o'i gwmpas. Roedd yr ystâd gyfan yn hollol dywyll, efo'r rhan fwyaf o'r unedau'n wag ers blynyddoedd. Dangosai goleuadau'r BMW chwyn a glaswellt yn tyfu allan o'r concrit gwlyb.

"Wyt ti'n siŵr? 'Chos does 'na neb yma..."

Nodiodd y dyn.

"Dw i'n siŵr. Diolch am y lifft."

Edrychodd Ian arno. Dyn bach tenau ac eiddil, yn prysur golli'i wallt. Tenau iawn, a dweud y gwir, efo'i ben yn edrych yn fwy fel penglog a'i wyneb yn annaturiol o wyn. Roedd ganddo sbectol ar ei drwyn, a gwisgai siwt frown am ei gorff dan gôt law gabardîn henffasiwn. Pwy uffarn oedd o? Edrychai fel athro ysgol, un

9

anobeithiol, athro y basa hyd yn oed y plant da yn cadw reiat yn ei ddosbarth.

Roedd y glaw mân wedi troi'n eirlaw oer erbyn hyn. Teimlai Ian biti dros y dyn bach anobeithiol hwn.

"Yli," meddai, "ma hi'n sglyfath o noson. Mi arhosa i yma nes y daw dy lifft di."

"Na, wir. Mi fyddan nhw yma rŵan. Diolch yn fawr."

Agorodd y dyn y drws. Allan â fo i'r eirlaw a chau'r drws ar ei ôl. Yna agorodd ddrws cefn y car.

"Fy mag," meddai.

Ceisiodd Ian droi yn ei sedd ond roedd y bag ar y llawr, reit y tu ôl i sedd y gyrrwr.

"Ma'n ôl reit, mi estynna i o," meddai'r Dyn Tenau.

Teimlai Ian ef yn symud y bag.

"Mi faswn i'n anghofio 'mhen tasa fo ddim yn sownd," meddai'r dyn.

Dechreuodd Ian chwerthin. Yna teimlodd law'r dyn yn cau am ei ên ac yn codi ei ben i fyny.

"Be ffwc?"

"Mi wela i di yn o fuan, ma'n siŵr," meddai'r dyn yn ei glust.

Teimlodd Ian rywbeth yn llosgi ar draws

ei wddw, a rhywbeth gwlyb a phoeth yn llifo i lawr dros ei siwt Armani. Ceisiodd anadlu, ond roedd o'n methu â chael ei wynt. Gallai deimlo'r nerfau yn ei goesau'n neidio fel trydan, a'i esgidiau Gucci yn cicio ffwl sbîd yn erbyn pedalau'r BMW. Yna daeth rhyw dywyllwch mawr o rywle, a suddodd i mewn iddo.

Arhosodd y Dyn Tenau nes bod corff Ian wedi gorffen gwingo. Wrth aros, tynnodd bâr o fenig meddygol o'i fag a'u gwisgo am ei ddwylo. Agorodd ddrws y gyrrwr. Roedd y car yn drewi erbyn hyn. Arogl gwaed, cachu a phiso yn llenwi ei du mewn.

Roedd Ian wedi gwaedu fel mochyn. Gwyrodd y dyn drosto a rhyddhau'r gwregys diogelwch. Tynnodd gorff Ian nes ei fod o'n gorwedd hanner i mewn a hanner allan o'r car, efo'i law dde yn gorwedd ar y concrit.

Agorodd ei fag eto. Tynnodd fwyell cigydd ohono. Un ergyd galed, a gorweddai llaw dde Ian fel pry copyn mawr, gwyn ar y llawr. Allan o'i fag, y tro hwn, tynnodd y dyn fag plastig trwchus. Rhoddodd y llaw yn y bag plastig, a'r bag plastig i mewn yn y bag arall efo'r fwyell.

Yna cododd gorff Ian a'i roi'n ôl yn daclus y tu ôl i'r olwyn. Tynnodd hances o'i boced a'i defnyddio i sychu popeth roedd o wedi cyffwrdd ynddo, gan gofio am fotwm y radio/CD. Y peth olaf wnaeth o oedd sychu ei gyllell yn ofalus ar siwt Armani Ian cyn ei gollwng i mewn i'w fag.

Yna caeodd ddrysau'r car, codi coler ei gôt, a cherdded i ffwrdd i'r tywyllwch.

2 TACSI

Doedd Ffion *ddim* yn hapus.

Roedd hi wedi gyrru o gwmpas y stad dair gwaith yn barod, gan weld dim byd ond ambell hen droli o Tesco ac Asda. A chwyn. A drain. A dail poethion. A'r hen unedau gwag yn edrych fel dannedd wedi pydru yng ngoleuadau'r tacsi. Parciodd y car hanner ffordd rhwng dwy res o unedau, diffoddodd y goleuadau ac yna'r injan. Eisteddodd am eiliad neu ddau'n gwrando ar y glaw yn crafu to a ffenestri'r car.

Yna rhegodd yn uchel. Dyna welliant. Neu, o leiaf, roedd hi'n *teimlo'n* well. Yn ddigon da i dynnu ei ffôn symudol o'i phoced a galw Ruth.

"Pandora..."

"Haia, fi sy 'ma. Bastads!"

"Pwy? O, Towncars, dw i'n cymryd?"

"Pwy arall? Does 'na neb yma, beth bynnag. Hyd y gwela i."

"Ti'n siŵr?"

"Ruth, dw i 'di bod o gwmpas dair gwaith yn barod. Ma'r lle 'ma fel bedd."

"Bastads," meddai Ruth.

13

Towncars oedd yr unig gwmni tacsis arall yn y dref. Cwmni mawr, a'r unig gwmni nes i Ffion a Ruth gychwyn eu busnes bychan nhw.

"Dw i'n dechra mynd yn pissed off efo'u tricia nhw, Ruth."

"A finna."

"Ro'n i'n ama' pan ddeudon nhw Ystâd Bryngwyn. Does 'na ddim byd wedi digwydd yma ers ioncs."

"Ond roedd yn rhaid i ni ymatab, Ffion. Mi wnest ti glywad yr alwad ffôn dy hun. Dynas wnaeth alw, yn deud ei bod hi ar 'i phen 'i hun, wedi torri lawr..."

"Wn i, wn i. A doedd hi ddim yn swnio fel Kathy Cornwell, chwaith."

Kathy Cornwell oedd perchennog Towncars. Roedd honno'n rhy gall i wneud yr alwad ei hun, meddyliodd Ffion. Gwraig neu gariad un o'i gyrwyr oedd yn gyfrifol, mae'n siŵr.

Ochneidiodd Ffion. "Yli, dw i am fynd rownd y lle un waith eto. Jest rhag ofn. Mi ddo i i mewn wedyn. Lle wyt ti rŵan?"

"Yn y bathrwm, efo un droed yn y bath a'r llall ar y llawr. 'Mond newydd gyrraedd adra. Cer ditha adra wedyn, ocê? 'Na ddigon am heno."

"Ocê. Wela i di fory."

Diffoddodd Ffion ei ffôn. Blydi Towncars, meddyliodd.

Roedd llawer o ferched yn nerfus ynglŷn â dringo i mewn i dacsi ar eu pennau'u hunain. Yn enwedig yn hwyr yn y nos. Dyna pam, bron i chwe mis yn ôl, y penderfynodd Ruth a Ffion gychwyn Pandora's. Gwasanaeth tacsis ar gyfer merched yn unig. Ond, wrth gwrs, doedd Towncars ddim yn hoffi hyn.

Kathy Cornwell... Bitsh galed, meddyliodd Ffion, os bu un erioed. Roedd hi wedi etifeddu'r busnes pan gafodd ei gŵr ei ladd mewn damwain car un noson, rai blynyddoedd yn ôl.

Roedd Ruth a Ffion wedi cael sawl galwad ffug dros y chwe mis. Cyrraedd rhyw gyfeiriad anial, dim ond i ddarganfod fod neb wedi eu galw; fod yna neb ar gyfyl y lle, gan amlaf.

Fel heno. Niwsans oedden nhw. Ond roedd sawl cwestiwn arall yn codi. Beth fyddai'n dod nesaf? Codi yn y bore i weld teiars eu ceir wedi eu rhwygo? Neu rywbeth gwaeth? Ffion, paid â dechrau codi bwganod, meddai wrthi'i hun.

Rhoddodd hanner tro i allwedd y car er mwyn i'r weipars glirio'r ffenest flaen.

Dyna pryd y gwelodd y dyn.

Doedd hi ddim yn siŵr os mai dyn *oedd* o, i gychwyn. Gwelodd y ffigwr yma'n camu allan rhwng dwy res o unedau, rhywun mewn côt law ac yn cario bag. Yna, o fewn eiliadau, roedd yr eirlaw ar y windsgrin yn ei guddio. Oedd hi'n gweld pethau?

Rhoddodd y weipars ymlaen eto. Na, dacw fo neu hi, yn cerdded i ffwrdd oddi wrthi. Doedd pwy bynnag oedd o neu hi ddim wedi gweld ei char, roedd hynny'n amlwg, diolch i'r tywydd a'r tywyllwch. Rhoddodd Ffion ei goleuadau ymlaen a thanio'r injan, y goleuadau ar *full beam*.

Rhewodd y ffigwr. Safodd yn stond â'i gefn ati, fel rhywun mewn ffilm pan fydd Clint Eastwood yn gweiddi *"Freeze, asshole!"* Wrth iddi gychwyn yn araf tuag ato, gwelodd Ffion mai dyn oedd o. Dyn main ac eiddil ei olwg. Beth ddylai hi wneud?

Doedden nhw ddim *i fod* i bigo dynion i fyny. 'Merched yn Unig', dyna oedd slogan Pandora's. Ond roedd hi'n noson mor uffernol... A Duw a ŵyr, roedd angen pob punten arni hi a Ruth. Agorodd Ffion ffenest y car ryw fodfedd. Teimlai'r eirlaw fel nodwyddau ar ei thalcen.

"Tacsi?" gwaeddodd.

Hyd yma, doedd y dyn ddim wedi symud o gwbwl. Ond rŵan, dechreuodd droi.

Yn araf, araf...

A dywedodd Ffion, "O... shit!"

Dechreuodd larwm ganu'n wyllt y tu mewn iddi. Yng ngoleuadau cryf y tacsi, edrychai'r dyn fel... fel sgerbwd. Ie, penderfynodd Ffion, sgerbwd mewn dillad gwlyb. Roedd ei wyneb yn wyn a'i lygaid fel dau dwll du. Roedd hynny o wallt oedd ganddo'n hongian dros ei wyneb fel cynffonnau llygod mawr. Edrychai fel rhywbeth mewn nofel gan Stephen King, a doedd Ffion ddim yn hoffi'r ffordd roedd o'n rhythu arni. Ddim o gwbwl. Fel tasa fo'n fy nghasáu i, meddyliodd.

Funud yn ôl, y dyn oedd fel tasa fo wedi'i rewi yng ngoleuadau'r car. Rŵan, wrth i'r dyn gychwyn cerdded amdani, Ffion oedd wedi'i rhewi. Roedd hi fel cwningen fach ofnus wrth i'r neidr ddod amdani, yn nes ac yn nes. Yna canodd y larwm y tu mewn iddi'n uwch nag erioed. Neidiodd Ffion yn ei sedd. Sgrialodd am fotwm cau'r ffenest. Roedd y sgerbwd bron iawn â chyrraedd y car. Gwasgodd ei throed i lawr ar y sbardun. Rhoddodd y car un herc, ond symudodd o yr un fodfedd yn ei flaen.

Shit! Y brêc llaw!

Estynnodd y sgerbwd ei law am handlen ei drws. Gwasgodd Ffion y brêc llaw a neidiodd y tacsi yn ei flaen, diolch, diolch, diolch i Dduw. Fel ceffyl meddw, dechreuodd y car sglefrio ar yr eirlaw llithrig. Teimlodd Ffion ei dannedd yn clecian yn erbyn ei gilydd wrth i'r olwynion roi *head-butt* i ymyl y palmant.

Yna gwelodd un o'r unedau yn rhuthro tuag ati. Trodd yr olwyn â'i holl nerth. Clywodd y tacsi'n protestio, ond doedd dim ots. Doedd hynny ddim yn bwysig oherwydd roedd hi'n ôl ar y ffordd rŵan ac yn sglefrio eto, ond rownd y gornel y tro hwn ac allan ar y brif ffordd a redai drwy'r stad. Aeth am y ffordd fawr a goleuadau oren bendigedig y dref.

3 FFION

Camgymeriad oedd glanhau'r stêm oddi ar y drych a syllu arni hi'i hun. Doedd hi ddim yn dri deg pump tan Ionawr 8fed, ond heno roedd hi'n edrych fel dynes hanner cant oed. Neu'n hŷn, meddyliodd Ffion.

Hongiai ei gwallt du, cyrliog yn llac ac yn ddifywyd. Roedd yr edau arian ynddo wedi troi'n llinynnau, ac edrychai ei llygaid fel dwy soser fawr frown – soseri wedi cracio, hefyd, meddyliodd. Tynnodd ei dillad isaf a'u gollwng i mewn i'r fasged Ali Baba cyn dringo i mewn i'r bath. Roedd y dŵr yn rhy boeth, efallai, ond dim ots. Fyddai hi ddim yn aros yn hir iawn ynddo ar noson fel heno.

"Aaahhh… " ochneidiodd yn uchel wrth i'r dŵr anwesu ei chorff. Caeodd ei llygaid. Ond agorodd nhw'n syth pan welodd, yn ei meddwl, y dyn ofnadwy hwnnw ar Ystâd Bryngwyn.

Y sgerbwd.

Roedd ei weld o wedi ei hysgwyd hi, doedd dim dwywaith am hynny, ac roedd yn cymryd dipyn i ysgwyd Ffion McLean. Roedd o wedi ei dychryn hi, hyd yn oed. Y ffordd roedd o wedi ymddangos yng ngoleuadau'r tacsi, fel rhywbeth oedd newydd ddringo allan o'i fedd.

Trodd ac yfed ychydig o'r gwin oedd ganddi mewn gwydryn ar ochr y bath. Roedd yn trio bwrw eira yn awr. Gallai weld y plu'n brwsio'n erbyn gwydr y ffenestr.

Hen eira gwlyb, diddim, fyddai'n diflannu'n syth.

Clywodd sŵn set deledu Josh yn dod o'i ystafell wely. Ei mab un ar bymtheg oed oedd Josh; cafodd ei eni pan oedd Ffion i fod yn cychwyn ar ei blwyddyn gyntaf yn y coleg. Ia, wel, roedd llawer o bethau oedd *i fod* wedi digwydd, ond dal i ddisgwyl amdanyn nhw roedd hi, meddyliodd yn sarrug. Roedd hi *i fod* wedi setlo mewn swydd dda erbyn hyn ac yn byw mewn tŷ moethus mewn rhan 'neis' o'r dref; roedd hi *i fod* â digon o bres yn y banc; roedd hi *i fod* mewn perthynas hapus; roedd Josh *i fod* yn hogyn ifanc hoffus oedd yn gweithio'n galed yn yr ysgol...

Doedd Josh ddim hyd yn oed wedi edrych ar ei fam pan gyrhaeddodd hi gartref heno, heb sôn am sylwi ei bod yn ypset. Gorweddian ar y soffa roedd o, fel blob mawr tew. Dros y llawr o'i flaen roedd pacedi gwag o greision a photeli Coke. Fel arfer, roedd y sgwrs rhwng y ddau wedi troi'n ffrae.

"Haia. Ti'n iawn?"

Ddywedodd Josh ddim byd. Roedd ei lygaid ar y sgrin deledu, yn gwylio dau ddyn Tsieineaidd yn trio cicio'i gilydd i farwolaeth.

"Rhywun wedi ffonio o gwbl?"

Dim ymateb.

"Josh, dw i'n trio siarad efo ti!"

"A dw inna'n trio gwylio hwn. Ocê?"

"Nac ydi, dydi o *ddim* yn ocê! Ma hi ymhell wedi hanner nos. Rwyt ti'n cofio'r *deal* wnaethon ni. Dim hwyrach na hanner nos."

Rhowlio'i lygaid wnaeth Josh. Gwylltiodd Ffion. Cipiodd y teclyn *remote control* oddi arno a diffodd y teledu.

"Ffycin hel..."

Ceisiodd Josh godi ar ei eistedd, a meddyliodd Ffion yn drist: mae hyn fel gwylio morfil yn trio symud i'r môr oddi ar draeth.

"Edrycha arnat ti dy hunan. Rwyt ti'n rhy dew ac yn rhy ddiog i symud hyd yn oed." Gollyngodd y teclyn ar ei fol. "Dw i'n mynd am fath. Dw i ddim isio dy weld di yma pan ddo i allan."

O leiaf roedd o yn ei stafell wely'n awr, meddyliodd Ffion wrth ymolchi. Lle'r oedd hi wedi mynd o'i le gyda Josh? Amhosib dweud. Doedd ganddo fe ddim ffrindiau, dim diddordebau ar wahân i ffilmiau *martial arts*, dim parch ati hi na neb arall.

Pam doedden nhw ddim yn gallu bod yn ffrindiau mawr, fel y mamau sengl rheiny a'u meibion mewn ffilmiau Americanaidd? Efallai mai arni hi roedd y bai. Ond roedd hi'n teimlo'n rhy flinedig y dyddiau yma i wneud llawer ynglŷn â'r peth.

Gorffennodd ei gwin a chodi allan o'r bath. Sychodd y drych eto. Doedd Josh ddim byd tebyg iddi hi, meddyliodd. Rhwbiodd y tywel dros ei chorff tenau a'i bronnau bychain. Na, tebyg i'w dad oedd o. Gwaetha'r modd.

4 LEONARD

Deffrodd Leonard gan wneud sŵn tebyg iawn i welington yn cael ei thynnu allan o fwd gwlyb. Gorweddodd yn llonydd am rai eiliadau, yn gwrando. Na, doedd dim smic i'w glywed yn y tŷ, na'r tu allan chwaith.

Ond roedd rhywbeth wedi'i ddeffro. Llwynog, efallai, yn cyfarth yn un o'r caeau oedd o gwmpas y tŷ. Caeodd ei lygaid, dim ond i'w hagor eto'n syth bin, ac yn llydan y tro hwn. Yn llydan, mewn braw. *Roedd rhywun yn eistedd ar ei wely.*

Wrth i'r wybodaeth yma gyrraedd ei feddwl, daeth golau'r lamp wrth ei wely ymlaen a'i ddallu am ychydig. Yna cafodd gip ar y Dyn Tenau yn eistedd yno'n syllu arno. Dechreuodd Leonard chwysu. Teimlai ei byjamas sidan, drud yn wlyb socian yn yr eiliadau y cymerodd iddo eistedd i fyny yn y gwely. Rhythodd ar y Dyn Tenau a'i lygaid yn anferth.

"Be... sut... be...?" gwichiodd.

"Sshh," meddai'r Dyn Tenau.

23

Caeodd Leonard ei lygaid yn dynn a chyfri un, dau, tri, a'u hagor nhw eto. Na, nid breuddwyd cas oedd hyn. Roedd y Dyn Tenau yno go iawn.

"Ydw, dw i'n dal yma," meddai, fel tasa fo wedi darllen meddwl Leonard. "Ma'n amser talu'r bil."

"Bil? Pa fil?"

Yna cofiodd Leonard am Mac, y *bodygard* mawr, pen moel oedd yn gofalu amdano. Edrychodd tuag at y drws, gan weddïo y byddai'n gweld Mac yn dod drwyddo.

"Dylet ti ystyried cael rhywun gwell i edrych ar d'ôl di. Dyn tebycach i ti. Tyrd rŵan. Dw i isio cael 'y nhalu, plîs."

Cliriodd Leonard ei wddf.

"Tyrd i'r swyddfa peth cynta yn y bore... " cychwynnodd. Yna gwichiodd eto wrth i'r Dyn Tenau gydio yn ei drwyn a'i binsio'n greulon.

"*Rŵan*, Leonard," meddai. "Fydda i ddim o gwmpas fory."

Celwydd oedd hyn, ond doedd o'n ddim o fusnes Leonard.

Gollyngodd ei drwyn. Trwy ei ddagrau, gwyliodd Leonard y Dyn Tenau'n edrych ar ei fys a'i fawd, tynnu wyneb a'u sychu ar ddillad y gwely.

"Mi wnes i... mi wnes i ofyn am brawf," meddai Leonard. "Sut ydw i'n gwybod dy fod di wedi gneud dy waith?"

Ochneidiodd y dyn yn ddiamynedd. Cododd fag oddi ar y llawr, ei agor, tynnu rhywbeth ohono a gollwng hwnnw ar y gwely, ar lin Leonard.

Meddyliodd Leonard ei fod am chwydu. Ar y gwely, *ar ei lin,* roedd llaw dyn mewn bag plastig clir. Roedd dafnau o waed i'w gweld yn glir ar ochr fewnol y bag. Yna dychwelodd bysedd tenau y Dyn Tenau at drwyn Leonard a theimlodd hwnnw ei hun yn cael ei lusgo o'r gwely.

"Ocê... ocê..." gwichiodd.

Safodd yno yn ei byjamas gwyrdd golau, a rhyddhaodd y dyn ei drwyn am yr ail waith.

"Dydi'r pres ddim yma. Dw i ddim yn cadw swm mor fawr yma, yn y tŷ."

Yna sgrechiodd. Roedd y Dyn Tenau wedi gwthio'i fys i mewn i'w lygad chwith. Baglodd Leonard yn ei ôl ac eistedd ar y gwely, gan deimlo'i hun yn cael ei godi eto gerfydd ei drwyn.

"Paid â gneud ffasiwn ffŷs. Ma gen ti ddau lygad. A dw i ddim isio clywad rhagor o gelwydd, chwaith. Ma'r sêff yna tu ôl i *Monarch of the Glen* yn aros amdanat ti."

25

Gwthiodd y Dyn Tenau Leonard allan o'r ystafell ac i lawr y grisiau i'r stydi.

Ar y wal roedd darlun enwog Landseer o'r ewig ar gopa bryn yn yr Alban.

"Tyrd, siapia hi. Does gen i ddim trwy'r nos."

Gan grynu fel deilen, symudodd Leonard y darlun i'r naill ochr ac agor y sêff. Roedd tipyn mwy na deng mil o bunnoedd, sef cyflog y Dyn Tenau, ynddi. Bwndeli taclus o bapurau £20 a £50.

"£10,000," meddai'r Dyn Tenau. "Dim mwy, dim llai."

Estynnodd Leonard yr arian. Roedd ei law yn crynu wrth iddo'u rhoi i'r Dyn Tenau. Cyfrifodd hwnnw'r arian yn sydyn, yna nodiodd.

"Diolch yn fawr. Mi gei di gau'r sêff rŵan."

Yn ufudd caeodd Leonard y sêff. Roedd yn ddiolchgar nad oedd y Dyn Tenau am gymryd rhagor o'i arian.

"Reit. Yn ôl â ti, i dy wely."

Gwingodd y Dyn Tenau'n sydyn, fel petai rhyw boen annisgwyl wedi ei frathu.

Aeth yn wynnach nag roedd o'n barod, os oedd hynny'n bosib.

"Wyt ti'n iawn?" gofynnodd Leonard.

Nodiodd y dyn. Roedd haen denau o chwys ar ei wyneb wrth iddo sythu. Pwyntiodd at y grisiau, a dringodd Leonard nhw'n ufudd. Gwyliodd y dyn ef yn plopian i mewn i'w wely, fel jeli oddi ar blât. Yna cododd ei fag a rhoi'r arian ynddo. Sylwodd fod llygaid Leonard ar law Ian yn y bag plastig ar y gwely.

Dechreuodd y Dyn Tenau droi i ffwrdd.

"O," meddai. "Un peth arall..."

Trodd yn ei ôl yn sydyn. Cafodd Leonard gip ar rywbeth yn fflachio yn ei law. Yna teimlodd rywbeth yn llosgi ar draws ei wddf. Syllodd yn hurt ar y dillad gwely'n troi'n goch.

"Mi wela i di cyn bo hir," meddai'r Dyn Tenau wrtho. Dyna'r peth olaf glywodd Leonard cyn i'r düwch gau amdano.

5 ARTHUR

ROEDD PAWB O'R CID wedi bod ar eu traed drwy'r nos.

"Noson brysur, Arthur."

"Prysur uffernol."

Gwenodd DS Peter Robinson.

Edrychai DC Arthur Jones fel petai heb gysgu ers wythnos. Ond wedyn, edrychai felly drwy'r amser, bron. Syniad DC Arthur Jones o noson brysur oedd eistedd yn yfed coffi yn y cantîn a siarad gyda phwy bynnag oedd yn ddigon gwirion i eistedd yn rhy agos ato.

Ond roedd Arthur Jones yn dweud y gwir y tro hwn. Roedd o a phawb arall wedi bod wrthi drwy'r nos, diolch i'r tân a drodd gartref Leonard Christie'n adfail myglyd, du. Roedd y tân hefyd wedi cael effaith debyg ar y ddau gorff yn y tŷ.

"Llanast," meddai Arthur Jones.

Roedd pawb yn credu mai corff Leonard oedd un o'r ddau; byddai angen post mortem cyn y gallai neb ddweud yn bendant. A'r llall?

Pwy bynnag oedd gan Leonard ar ddyletswydd y noson honno, yn edrych ar ei ôl.

Ac roedd y tŷ'n drewi o betrol, felly doedd y tân ddim yn un damweiniol. Doedd pwy bynnag oedd wedi'i gynnau ddim wedi gwneud unrhyw ymdrech i guddio'r drosedd. Roedd fel petai eisiau i bawb wybod. Rhywun, efallai, oedd eisiau cymryd lle Leonard Christie yn y dref a'r ardal. Rhywun llawer iawn mwy creulon na Leonard, er bod y diawl tew hwnnw'n ddigon drwg.

"Unrhyw syniad pwy oedd y llall?" gofynnodd Arthur Jones.

Ysgydwodd DS Peter Robinson ei ben. "Ddim tan ar ôl y PM. Gall fod yn unrhyw un. Faint o bobol oedd gan Christie'n gweithio iddo fo, wyt ti'n gwybod?"

Cododd Arthur ei ysgwyddau tew. "Paid â gofyn i fi. Ond mi ddweda i un peth, mi fydd y ffwcin lot ohonyn nhw'n cachu brics pan glywan nhw." Gwenodd. "Wyddost ti be? Dw i'n gobeithio mai Ian Parry oedd o. Ma'r coc oen yna wedi bod yn gofyn amdani ers misoedd."

Trodd DS Peter Robinson a gadael y swyddfa am y coridor lle'r oedd y peiriant te a choffi. Roedd Arthur Jones yn mynd ar ei nerfau, fel arfer. Doedd y dyn ddim yn hysbyseb dda i'r heddlu. Roedd o'n fawr, oedd, ond roedd o'n dew hefyd, wastad yn yr un siwt ddu, heb ei glanhau ers iddo'i phrynu, flynyddoedd maith yn ôl. A Duw a ŵyr beth oedd wedi gadael yr holl staeniau ar ei dei. Roedd ei wallt tywyll yn flêr ac yn seimllyd, ac roedd wastad yn edrych fel petai o heb siafio ers dyddiau.

Ond ei iaith oedd yn mynd ar nerfau Peter Robinson fwyaf. Roedd o ei hun yn gallu rhegi, ond roedd rhywbeth anghynnes yn y ffordd y byddai Jones yn rhegi drwy'r amser. Fel petai o'n mwynhau teimlo'r geiriau aflan yn ei geg. Roedd o'n smociwr ac yn yfwr ac yn fwytäwr mawr, yn rhegwr ac yn rhechwr. Ac roedd o'n ddiog.

Yn wir, roedd Arthur Jones yn hollol wahanol i Peter Robinson ym mhob ffordd. Roedd Robinson chwe blynedd yn iau ac ar ei ffordd i fyny. Cyn bo hir, meddyliodd, byddai'n Inspector, ac wedyn yn DCI. Ac ar ôl hynny, wel, pwy a ŵyr? Un peth oedd yn sicr. Y ddwy lythyren DC fyddai gan Arthur Jones o flaen ei enw am weddill ei yrfa. Neu hyd yn oed PC, petai o Robinson yn cael ei ffordd.

Yna gwenodd. Na, nid PC, meddyliodd. Fasa 'PC' ddim yn edrych yn iawn o flaen enw Arthur Jones, y dyn lleiaf *Politically Correct* ar y blaned.

6 TACLUSO

DOEDD Y DYN TENAU ddim yn hapus. Dylai fod
gartref erbyn hyn, yn bell, bell o'r ardal yma
a'r dref fach ddiflas hon. Dylai fod yn gorffwys
ar gyfer ei joban nesaf. Ychydig o ddyddiau,
wythnos ar y mwyaf, yna i ffwrdd â fo eto i dref
neu ddinas arall. A tharged arall.

Doedd o ddim yn dweud 'na' wrth unrhyw
joban y dyddiau yma. Roedd amser, wedi'r cwbl,
yn brin. Byddai angen ei arian ar ei chwaer ar ôl
iddo fo... fynd. Efo hi roedd o'n byw, mewn tŷ
cyffredin ar stad ddigymeriad mewn tref oedd
yn hawdd iawn ei hanghofio. Doedd dim syniad
ganddi beth oedd ei waith go iawn: roedd hi'n
meddwl ei fod o'n dal yn gweithio i'r Inland
Revenue, a'i fod yn gorfod teithio drwy Brydain
efo'i waith.

Doedd hi chwaith ddim yn gwybod ei fod
yn ddyn sâl. Byddai'n torri ei chalon petai hi'n
gwybod. Ac ar ôl iddo fo fynd... wel, dylai'r
arian fod o help iddi i leddfu'r boen. Roedd o
wedi ei ffonio'n gynharach, o'r parc bychan,
blêr yng nghanol y dref. Defnyddiodd ei ffôn

symudol – roedd yn newydd sbon, ond yr un rhataf ar y farchnad.

"Alla i ddim dŵad adra heddiw wedi'r cwbl," meddai.

"O... ?"

"Rhyw broblem wedi codi efo'r gwaith. Cymhlethdod annisgwyl efo acownts rhyw gwmni."

Roedd yn gas ganddo orfod dweud celwydd wrth ei chwaer, felly ceisiodd ddweud hynny o'r gwir ag y gallai.

"Am faint fyddi di i ffwrdd, felly?"

"Dw i ddim yn siŵr. Cwpwl o ddyddia, ar y mwya."

"Cymaint â hynny?" meddai ei chwaer. "Ma'n swnio'n reit seriws."

"Na, ddim felly," atebodd. "Rhyw flerwch, dyna i gyd. Matar o dacluso petha."

"Ond mi fyddi di adra erbyn Nos Galan, gobeithio?" gofynnodd ei chwaer. "Cofia ein bod ni'n mynd allan i'r Blue Anchor..."

"... Hefo Martin a Doreen. Wn i, wn i. Wrth gwrs 'mod i'n cofio. Fasa Nos Galan ddim yn Nos Galan heb hynny, 'yn na fasa?"

Distawrwydd am eiliad. "Dwyt ti ddim yn bod yn sarci, gobeithio?" meddai llais oer ei chwaer.

"Fi? Chymerwn i mo'r byd. Dw i'n edrych

ymlaen. Wir yr rŵan. Paid â phoeni, mi fydda i yno."

Ar ôl gorffen ei alwad, taflodd y ffôn i ganol llyn bychan yn y parc a dychryn cwpwl o hwyaid sgraglyd eu golwg.

Meddyliodd am Leonard Christie. Ma'r byd yn well lle o lawar heb hwnnw'n byw ynddo fo, meddyliodd. Doedd o ddim wedi bwriadu ei ladd. Hefyd, roedd y ddynes dacsi honno wedi ei weld yn cerdded i ffwrdd o'r unedau lle'r oedd o wedi gadael corff Ian yn y BMW. Roedd o eisiau chwilio amdani hi. Byddai'n anodd iawn gwneud hynny efo Leonard o gwmpas y lle. A doedd o ddim eisiau i ryw slob diddim fel Leonard wybod ei fod o wedi gwneud llanast o bethau.

Na, mi wnes i'r peth call, penderfynodd. Tacluso ar f'ôl. Mae hynny mor bwysig. Roedd amser ganddo'n awr i chwilio am y ddynes oedd yn gyrru'r tacsi.

Mwy o dacluso.

7 PANDORA'S

"Roedd o'n crîpi ofnadwy, Ruth. Yn wyn ac yn dena, fel… fel… Be oedd enw'r fampir pen moel hwnnw yn y ffilm *silent* 'na?"

"Nosferatu?" cynigiodd Ruth.

"Ia, hwnnw. Do'n i jest ddim isio'r dyn yn agos ata i, heb sôn am fod yn ista tu ôl i mi, neu wrth fy ochr, yn y tacsi."

Rhwbiodd Ffion ei breichiau. Roedd hyd yn oed meddwl am y dyn tenau a welsai neithiwr yn codi croen gŵydd drosti i gyd.

"Wela i ddim bai arnat ti," meddai Ruth. "Dydan ni ddim mor despret â hynny am bres. Be oedd o'n ei wneud ar stad Bryngwyn, beth bynnag? Does yna ddim byd yno, yn nag oes?"

"Hyd y gwn i, nag oes," atebodd Ffion.

"Mi wnest ti beth call yn gyrru i ffwrdd," meddai Ruth. "Hei, glywest ti am y tân neithiwr? Yn nhŷ Leonard Christie?"

"Roedd o adra hefyd, on'd oedd? Ar y pryd?"

"Felly ma nhw'n sôn," meddai Ruth a dechreuodd y ddwy drafod y tân.

Roedd Ruth, fel Ffion, yn fam sengl, ond dyna'r unig beth roedd ganddyn nhw'n gyffredin. Wedi ysgaru roedd Ruth, ond doedd Ffion ddim erioed wedi priodi.

Ruth oedd yr hyna, yn 42 oed. Roedd ei phlant – dwy eneth, Karin a Tess – mewn colegau ond eu bod nhw gartref yn awr dros y gwyliau.

Dynes dal oedd Ruth, gyda gwallt golau hir, a chorff fel model. Marchogaeth ceffylau oedd ei hobi, tra doedd gan Ffion ddim byd i'w ddweud wrth geffylau. Arlunio oedd hobi Ffion. Hoffai fynd allan i'r wlad gyda'i llyfr sgetsio, yn enwedig pan fyddai'n teimlo bod waliau'r fflat yn cau amdani. Roedd Ruth hefyd yn dal yn ffrindiau gyda Malcolm, ei chyn-ŵr, ond doedd Ffion byth bron yn siarad gyda thad Josh.

"Roedd y tair ohonon ni'n gallu gweld y fflamau drwy ffenest llofft Karin," meddai Ruth.

Parlwr ffrynt tŷ Ruth oedd 'swyddfa' Pandora's, ac roedd ystafell wely Karin, merch ieuengaf Ruth, reit uwchben y parlwr. Dim ond dwy stryd oedd rhwng tŷ Ruth a'r tŷ oedd wedi llosgi – tŷ mawr, moethus, gyda choed a gerddi o'i gwmpas. Gwahanol iawn i fy fflat fach i ym mhen arall y dref, meddyliodd Ffion, a'r stad lle dw i'n gorfod byw.

"Rŵan, be fedrwn ni 'i wneud ynglŷn â Towncars?" gofynnodd Ffion.

8 SIOC

DAETH Y TRI BACHGEN i mewn i'r stad ar eu beiciau, gan weiddi a rasio a gwau i mewn ac allan rhwng yr unedau. Doedden nhw ddim *i fod* yma, wrth gwrs. Roedd arwydd 'Dim Tresmasu' mawr ar y gatiau, ond doedd neb yn cymryd sylw o hwnnw.

Roedden nhw wedi blino ar fod gartre o flaen y teledu, ac roedd yr haul allan heddiw am y tro cyntaf ers cyn y Nadolig. Aros ar y ffordd wnaethon nhw. Roedd y glaswellt a'r chwyn o flaen yr unedau'n llawn o wydr a thuniau cwrw a hen nodwyddau, a doedd yr un ohonyn nhw eisiau difetha teiars ei feic. Doedd dim rhaid iddyn nhw boeni am y traffig yma chwaith. Roedd y faniau a'r ceir a'r lorïau wedi hen anghofio am stad Bryngwyn.

Ond yna, gwelodd un ohonyn nhw rywbeth o gornel ei lygad. Trodd.

"Hei," meddai wrth y ddau arall. "Drychwch..."

Roedd car yma heddiw. Car drud hefyd, BMW. Roedd wedi'i barcio rhwng dwy uned fel petai'n cuddio yno. Dringodd y tri oddi ar eu beiciau a cherdded ato o'r cefn.

Edrychodd y tri ar ei gilydd, yna o gwmpas yr unedau. Doedd dim golwg o neb arall yno. Pwy fasa'n gadael car mor ddrud mewn lle fel hwn? Aeth un at y bŵt a gwasgu'r botwm. Neidiodd y caead ar agor. CDs mewn cas, côt ledr ddrud, olwyn sbâr a bocs tŵls. Cipiodd un bachgen y gôt. Dechreuodd y llall fynd trwy'r cas CDs. Aeth y trydydd at flaen y car. Neidiodd.

Roedd rhywun yn y car, yn eistedd wrth yr olwyn. Roedd o'n edrych fel petai'n gwenu, ei wyneb yn wyn.

A gwên arall lydan, goch yn ei wddf. Dechreuodd y bachgen sgrechian.

9 POST MORTEM

Gorweddai Leonard Christie a 'Mac' ochr yn ochr ar ddau fwrdd yn y mortiwari. Doedden nhw ddim yn dlws iawn. Pan mae'r corff dynol yn llosgi, mae'n tueddu i blygu i mewn i'w hunan, fel ffoetws. Felly'r ddau yma, y gwas a'i feistr. Roedden nhw hefyd, wrth gwrs, yn ddu, eu cegau ar led ac yn dangos eu dannedd, fel petaen nhw'n trio chwyrnu. Amhosib, bron, oedd eu hadnabod fel pobol.

Y 'bron' oedd yn ei gwneud hi'n anodd iawn i DS Peter Robinson. Ond yr arogl oedd y gwaethaf. Arogl cig moch. Deuai drwy'r mwgwd oedd dros drwyn a cheg Robinson. Gwyddai y byddai yn ei ffroenau am ddyddiau eto. Gwyddai hefyd na fedrai fwyta brechdan borc a stwffin fyth eto. Ac y byddai, unrhyw funud, yn gorfod rhuthro allan o'r mortiwari i chwydu. Roedd tu mewn i'w stumog yn codi'n uwch ac yn uwch bob tro roedd yn tynnu anadl ac roedd ei wyneb a'i gorff yn chwys oer i gyd.

Edrychodd Robinson ar DC Arthur Jones wrth ei ochr. Roedd hwnnw, damia fo, yn edrych yn hollol iawn. Dim chwys ar ei wyneb, dim pwys yn ei fol, ac yn syllu ar y meddyg wrth ei waith gyda diddordeb mawr. Yn wir, roedd Robinson wedi'i weld yn bwyta brechdan facwn cyn dod yma i'r mortiwari, y saim a'r menyn yn llifo i lawr ei ên wrth iddo frathu i mewn iddi.

Tarodd Robinson ei law dros ei geg a rhuthro am y drws. Gwyliodd Arthur Jones ef yn mynd.

"Ro'n i'n meddwl na fasa fo yma'n hir," meddai'r meddyg. "Ty'd yma, Arthur. Drycha..."

Aeth Jones ar ei gwrcwd wrth ymyl corff Leonard Christie. Pwyntiodd y meddyg at rwyg yng nghnawd crispi'r gwddf.

"Ac yma..."

Gwnaeth yr un peth gyda chorff 'Mac'.

"Roedden nhw wedi marw ymhell cyn i'r tân ddechra gweithio arnyn nhw," meddai. "Roedd rhywun wedi tynnu cyllell ar draws eu gyddfa, cyn mynd ati i losgi'r tŷ. Joban fach daclus, broffesiynol hefyd, yn fy marn i."

Proffesiynol.

Sythodd Jones. "Dyna a'u lladdodd nhw, felly?"

"Dyna faswn i'n dweud," meddai'r meddyg. "Mi fydda i'n gallu deud yn well ar ôl eu hagor nhw, a gweld oeddan nhw wedi anadlu mwg o gwbl. Ond fel ma petha rŵan, 99.99%."

Trodd Arthur Jones wrth i'r drws y tu ôl iddo ailagor. Yno roedd Robinson, ei ffôn yn ei law.

"Ma gynnon ni un arall," meddai.

10 TOWNCARS

Roedd Ruth a Ffion yn wynebu Kathy Cornwell yn swyddfa Towncars.

"Y fi? 'Swn i ddim yn breuddwydio gwneud y fath beth," meddai Kathy a'i llygaid yn dawnsio'n hapus.

"Gwranda'r bitsh... " dechreuodd Ffion, ond teimlodd law ysgafn Ruth ar ei braich.

"Ma hyn wedi digwydd sawl gwaith, Kathy," meddai Ruth. "Pobol yn galw am dacsi, a phan rydan ni'n cyrraedd..."

"... Does 'na neb yno. Ia, dw i wedi dallt," meddai Kathy. "Ma'n ddrwg iawn gen i glywad am eich trafferthion..."

Roedd Kathy Cornwell yn gwisgo anorac cynnes a phâr o jîns; dynes yn ei phumdegau oedd hi gyda gwallt coch a wyneb caled. Roedd hi'n taflu set o oriadau i fyny ac i lawr yn yr awyr yn ddiamynedd.

"Y chdi sy'n 'u hachosi nhw," meddai Ffion.

Edrychodd Kathy Cornwell ar Ruth. "Dwed wrth y Rottweiller fach 'na am fod yn ofalus. Ma *slander* yn beth seriws."

"Plîs, Kathy," ochneidiodd Ruth. "Rydan ni wedi dŵad yma'n un swydd i ofyn yn neis i ti. Dydi ein busnas bach ni ddim yn bygwth busnas Towncars o gwbl. 'Mond am ychydig o oriau yn ystod y nos rydan ni'n gweithio."

"Does gen i ddim syniad am be dach chi'n sôn," meddai Kathy. "Rŵan, er mor braf ydi sgwrsio efo chi, ma gan rai ohonon ni waith i'w wneud."

Dechreuodd Ruth hefyd golli ei thymer yn awr.

"Ma'n rhaid i'r galwada ffug yma stopio. Neu..."

Edrychodd Kathy Cornwell arni, ei hwyneb yn galetach nag erioed.

"Neu... be?" meddai, ei llais yn oer fel rhew.

Safodd y ddwy ddynes wyneb yn wyneb am rai eiliadau. Yna trodd Ruth i ffwrdd

"Ty'd, Ffion. Waeth i ni heb, ma'n amlwg."

Aeth y ddwy am y drws. Cyn mynd allan, trodd Ffion yn ôl. Roedd Kathy Cornwell yn sefyll yno'n gwenu ei gwên oer.

"Bitsh," meddai Ffion.

"O, dw i'n gwybod," meddai Kathy. "A wyddost ti be? Dw i ddim wedi *dechra* eto."

11 GWYLIO

DRWY FFENESTR Y CAFFI gyferbyn, gwyliodd y Dyn Tenau y fynedfa i gwmni tacsis Towncars.

Roedd o wedi gofyn i'r ferch y tu ôl i'r ddesg yn y gwesty a oedd cwmni tacsis yn y dref. Ar ôl clywed enw Towncars, gofynnodd a oedd yna un arall. Roedd y ferch wedi petruso am eiliad, ac wedi ysgwyd ei phen.

Gwych, meddyliodd y Dyn Tenau. Un cwmni. Mae hynny'n gwneud pethau'n haws. Ond oedd o? Ar ôl eistedd yma ers dros awr, roedd pob un tacsi a welodd yn cyrraedd y swyddfa'n cael ei yrru gan ddyn. *Lle oedd y ddynes?* Gwyddai fod amser yn brin. Fyddai hi ddim yn hir cyn bod rhywun yn dod o hyd i gorff Ian ar y stad ddiwydiannol.

Daeth dwy ddynes allan o'r swyddfa dacsis. Un dal gyda gwallt hir, golau ac un ychydig yn fyrrach, gyda gwallt du cyrliog. Tybed os...? Ond na. Aethon nhw ddim ar gyfyl y tacsi oedd wedi'i barcio'r tu allan i'r swyddfa. Cerddodd y ddwy i ffwrdd i lawr y stryd.

Damia... Dychwelodd y Dyn Tenau at ei goffi.

Cymerodd sip, ac yna teimlodd y boen yn ei frathu y tu mewn i'w stumog. Fel petai llygoden fawr yn cnoi ei ffordd allan. Sgrialodd am ei dabledi. Daeth brathiad creulon arall a bu bron iddo ollwng y botel wrth ei hagor. Llyncodd ddwy dabled ac ymhen eiliadau dechreuodd y boen ddiflannu.

Roedd hyn yn digwydd yn fwy a mwy aml yn awr. Oedd, roedd amser yn brin iawn. Yna sythodd yn ei gadair. Roedd dynes arall newydd ddod allan o swyddfa Towncars. Dynes hŷn oedd hon, gyda gwallt coch. Gwyliodd hi'n mynd i mewn i'r tacsi a gyrru i ffwrdd.

Gwenodd y Dyn Tenau.

12 CORFF ARALL

"BE SY'N *DIGWYDD* YN y dref yma?" meddai'r bòs DCI Lewis.

Yn gynharach yn y bore, roedd y criw fforensig wedi dod o hyd i rywbeth anghynnes iawn yng ngweddillion tŷ Leonard Christie. Llaw rhywun, wedi'i thorri i ffwrdd ger yr arddwrn. Doedd neb yn deall y peth ar y pryd. Ond yn awr, roedd yr heddlu'n gwybod llaw pwy oedd hi.

Llaw Ian Parry. Un o 'weithwyr' Christie. Ian Parry, yn eistedd wrth olwyn ei BMW heb ei law dde ond gyda'i wddf wedi'i hollti o glust i glust, ei siwt Armani ddrud yn socian o waed.

"Ma'n edrych fel petai rhywun yn trio cymryd drosodd oddi wrth Leonard Christie," meddai DS Robinson.

Edrychodd y DCI yn gas arno.

"Diolch, Peter," meddai'n goeglyd. "Do'n i ddim wedi meddwl am hynny, am ryw reswm. Fedri di ddeud wrtha i *pwy*?"

"Sori, syr."

"Cau hi, 'ta, tan y bydd gen ti rywbeth call i'w ddeud."

Cochodd Peter Robinson at ei glustiau pan glywodd DC Arthur Jones yn piffian chwerthin wrth ei ochr.

"Arthur?" meddai DCI Lewis.

Ysgydwodd Arthur Jones ei ben. "Dw i ddim wedi clywad unrhyw beth, syr. A ma hynny'n od ynddo'i hun. Mi fasa rhywun wedi deud *rhwbath*, rhyw awgrym, tasa 'na rywun newydd wedi symud i mewn yma."

Cyfeiriad oedd hyn at y fyddin o *squealers* roedd Arthur Jones yn ei nabod. Pobol roedd o wedi eu casglu dros y blynyddoedd wrth yfed mewn pob math o dafarnau amheus. Ochneidiodd Lewis a rhwbio'i law dros ei ben moel.

"Cer i ofyn o gwmpas y lle eto," meddai. "Tri chorff rŵan, a'r tri wedi'u lladd yn yr un ffordd. Yr un ohonyn nhw'n fawr o golled i'r dref, ma'n wir, ond..."

Ochneidiodd eto. "Ma'n rhaid i ni roi stop ar hyn. *Rŵan.*"

13 JULIE

AR Y TRYWYDD ANGHYWIR oedd DCI Lewis a Peter Robinson hefyd, meddyliodd Arthur Jones. Dim ond teimlad oedd hyn. Teimlad yn ei waed, yn ei ddŵr, ym mêr ei esgyrn. Ond dros y blynyddoedd, roedd o wedi dysgu gwrando ar y teimlad hwn. Doedd yr holl beth ddim yn teimlo fel *take-over*.

"Dwyt ti ddim yn hapus, yn nag wyt, Arthur?"

Edrychodd ar draws to'r car ar DI Jenny James. Roedd Jenny'n iawn, meddyliodd. Jenny oedd yr unig un o'i gyd-weithwyr oedd yn ei drin fel person. Nid fel rhywbeth oedd wedi dod allan o dwll din ci.

Roedd Arthur a Jenny y tu allan i fflat y diweddar Ian Parry. Gyda nhw roedd Kirsty Evans, plismones ifanc mewn iwnifform. Newydd adael y fflat oedd merch arall, Julie Watson, cariad Ian Parry. Os cariad hefyd. Roedd hi wedi cael ei dychryn gan y newyddion am Ian Parry. Ond doedd hi ddim wedi crio. Roedd Arthur yn gallu gweld Julie yn eistedd ar y soffa yn ei sgert oedd i fyny at ei phen-ôl ac mewn top oedd yn dangos mwy nag a ddylai. Roedd ei llygaid yn hollol sych, er bod ei hwyneb wedi troi'n wyn fel·eira.

Doedd hi ddim wedi gallu eu helpu lawer. Roedd Ian, meddai, wedi gorfod mynd i nôl rhywun o'r orsaf. Roedd o wedi gobeithio bod yn ôl yno gyda hi erbyn hanner nos.

"Ddwedodd o pwy oedd y person yma?"

Meddyliodd Julie cyn ysgwyd ei phen melyn.

"Doedd o ddim yn gwybod, dw i ddim yn meddwl. 'Rhyw foi' oedd y cwbl ddwedodd o."

Fflat foethus oedd fflat Ian Parry, gyda golygfa dros y dref o'r ffenestr fawr. Dodrefn lledr drud ym mhob man, set deledu blasma anferth ar y wal, DVD, fideo, system sain, silffoedd o ffilmiau a CDs. Gwely dwbwl mawr yn yr ystafell wely, gyda chynfasau sidan drosto a sawl drych yn y waliau a'r to. Digon o ddiodydd i agor siop. Olion *cocaine* ar y bwrdd coffi ac yn yr ystafell ymolchi.

Shag pad go iawn, dyna oedd barn Jenny am y lle.

Ysgydwodd Arthur Jones ei ben.

"Nac dw," atebodd, "dw i ddim yn hapus. Ond fedra i ddim dweud pam."

"Mae gen i deimlad tebyg," meddai Jenny. "'Dan ni wedi bod yn cadw llygad ar Leonard Christie ers tro. Doedd yna'r un awgrym bod rhywun newydd yn sniffian o'i gwmpas o."

"Na, dw i'n gwybod." Gollyngodd Arthur ei sigarét ar y ddaear a'i sathru. "Dw i am wneud fel y dwedodd y DCI, 'chydig o holi yma ac acw. Ond dw i ddim yn disgwyl llawer. Bygyr ôl, a bod yn onast."

14 CWSMER

"Y<small>DACH</small> <small>CHI'N</small> <small>RHYDD</small>? P<small>LÎS</small> dwedwch eich bod chi."

Roedd Kathy Cornwell ar fin dweud na, ond roedd golwg boenus ofnadwy ar y dyn wrth y car. Newydd ddychwelyd i'r swyddfa roedd hi, a bron â marw eisiau paned.

Roedd y dyn wedi rhuthro ati cyn iddi fedru dod allan o'r car.

"Wel... ydw, ond... " cychwynnodd.

"Plîs. Dw i newydd gael galwad ffôn. Mae'n rhaid i mi fod yn yr ysbyty..." Cipedrychodd y dyn ar ei wats. "Wel, rŵan, a bod yn onest. Plîs?"

Gwnaeth Kathy Cornwell benderfyniad gwaethaf ei bywyd.

"O'r gora. Dowch."

Dringodd y Dyn Tenau i mewn i'r sedd gefn.

15 SGETSIO

EISTEDDODD FFION YN Y car. Blydi grêt, meddyliodd. Dyma fi wedi gyrru yma, a be sy'n digwydd? Mae'r haul yn diflannu ac mae hi'n dechrau bwrw eira. Yr un hen eira gwlyb, diddim â neithiwr.

Shit! Roedd hi wedi tynnu i mewn at ochr y ffordd. Lle hyfryd ar ddiwrnod braf, ar lan afon gyda hen bont garreg drosti a'r bryniau yn y cefndir i'w gweld dros bennau'r coed. Byddai Ffion yn dod yma'n aml, weithiau i sgetsio, weithiau i gerdded dros y bont ac ar hyd glan yr afon, yn mwynhau'r awyr iach a'r tawelwch. Ac i anghofio am ei phroblemau. Am ychydig funudau, o leiaf. Ond nid heddiw. Roedd hi'n dal wedi gwylltio efo Kathy Cornwell, ac yn ysu am gael gwneud... wel, *rhywbeth*. Unrhyw beth.

"Ond ma hi'n iawn, Ffion," meddai Ruth wrthi, wrth gerdded i ffwrdd o swyddfa Towncars. "Be fedrwn ni wneud? Dim byd, hyd y gwela i. Fedrwn ni ddim profi dim. A bod yn onest, dydi Kathy ddim wedi torri'r gyfraith, yn nac ydi? 'Mond bod yn niwsans a chwarae ambell dric."

Ac wrth gwrs, roedd Ruth yn llygad ei lle. Aeth Ffion adref i'r fflat ar ôl ffarwelio â Ruth. Yno, roedd Josh ar y soffa yn nhrowsus ei byjamas a chrys-T Arctic Monkeys, yn gwylio DVD arall. Ar y sedd wrth ei ochr roedd powlen fudur a llwy, gyda briwsion Corn Flakes yn glynu wrthyn nhw. Roedd y sain ar y DVD yn fyddarol – saethu, sgrechian, gweiddi, a thymp, thymp, thymp tecno tu ôl i'r cyfan.

Gallai Ffion fod wedi sgrechian. Yna teimlodd fel beichio crio. Yn lle hynny, cydiodd yn ei hoffer sgetsio a mynd allan o'r fflat. Doedd Josh ddim hyd yn oed wedi sylwi ei bod hi yno, meddyliodd.

"Shit!" meddai'n uchel yn awr, gan roi waldan i'r olwyn lywio.

Ychydig o fiwsig, penderfynodd. Llithrodd CD i mewn i'r peiriant. Bruce Springsteen, a *Thunder Road*. Teimlai'n well yn syth, hyd yn oed wrth glywed y nodau cyntaf. Doedd Bruce byth yn siomi. Nid fel gweddill y byd. Dechreuodd gydganu gyda'i harwr.

"*Show a little faith, there's magic in the night.*
You ain't a beauty but, hey, you're all right.
And that's all right with me..."

Gwenodd. Rwyt tithau'n ol-reit hefyd, Brucie baby, meddyliodd.

Yna gwelodd un o geir Towncars yn dod ar hyd y ffordd.

"O, blydi *hel*."

Doedd dim dianc i fod heddiw, roedd yn amlwg. Ac ar ben popeth, Kathy Cornwell oedd yn gyrru'r tacsi. O leiaf dydi enw Pandora's ddim wedi cael ei sgwennu ar ein ceir ni, meddyliodd Ffion. Fydd y bitsh ddim callach pwy ydw i os na wnaiff hi sbio reit ata i. Ond gyrru heibio wnaeth Kathy, heb hyd yn oed edrych i'w chyfeiriad. Roedd hi'n gyrru'n araf, hefyd, felly cafodd Ffion ddigon o amser i sylwi ar ei hwyneb gwyn, llawn tensiwn.

Os rhywbeth, roedd golwg *ofnus* ar Kathy Cornwell. Wel, dw i'n falch, dechreuodd Ffion feddwl. Dw i'n falch fod yna *rywbeth* yn poeni'r bitsh. Ac yna gwelodd pwy oedd yn teithio yn y sedd gefn. Dim ond cip sydyn gafodd hi, ond roedd hynny'n ddigon.

Dyn tenau, gydag wyneb gwyn. Ac yn edrych yn union fel Nosferatu.

Diflannodd y car heibio i'r tro. Heb wybod yn iawn pam, cydiodd Ffion yn ei llyfr sgetsio a dechrau tynnu llun y dyn.

16 KATHY

"Dw i wedi newid fy meddwl," meddai'r dyn. "Dw i ddim eisiau mynd i'r ysbyty wedi'r cwbl."

Edrychodd Kathy arno yn y drych. Roedd y dyn yn eistedd ar flaen ei sedd. Gallai Kathy deimlo'i wynt yn boeth ar gefn ei gwddf. Ac roedd ei wynt yn drewi. Yn drewi fel bin sbwriel ar ddiwrnod poeth.

"Lle leiciech chi fynd, 'ta?" gofynnodd Kathy. Yna teimlodd rywbeth miniog yn cyffwrdd â'i gwddf.

"Rhywle tawel, allan o'r ffordd," meddai'r dyn.

Teimlodd Kathy ei thu mewn yn llacio. Dyma fo, roedd o wedi digwydd, ei hunllef waethaf. Na, roedd hwn yn *waeth* nag unrhyw freuddwyd cas. Roedd hyn *yn digwydd go iawn*.

"Plîs..."

"Jest gyrra," meddai'r dyn. Roedd o'n swnio fel petai wedi blino'n ofnadwy, ond arhosodd y gyllell wrth ei gwddf. "A basa'n well i ti ddiffodd y radio hefyd."

Aethon nhw allan o'r dref i'r wlad. Yn y

drych gallai weld y dyn yn chwilio hyd ochrau'r ffordd am lôn fechan a fyddai'n mynd â nhw i 'rywle tawel'.

Daethon nhw at yr afon lle'r oedd y bont garreg.

"Araf, araf," meddai'r dyn.

Yna gwelodd fod car wedi'i barcio yno.

"Na, cer yn dy flaen."

Erbyn hyn roedd dagrau'n powlio i lawr wyneb Kathy. Prin roedd hi'n gallu gweld y ffordd o'i blaen. Meddyliodd am roi ei throed yn sydyn ar y brêc, ond roedd blaen y gyllell reit yn erbyn ei gwddf. A doedden nhw ddim yn mynd yn ddigon cyflym i'r dyn gael ei daflu yn ei flaen a thrwy'r ffenestr flaen. Byddai stopio'n sydyn yn achosi i'r gyllell fynd i mewn i'w gwddwg hi.

"Mae'r arian yn fy mhoced," meddai wrtho.

Ochneidiodd y dyn.

"O, cariad bach," meddai, "dw i ddim isio dy arian di."

A dechreuodd Kathy Cornwell wneud rhywbeth doedd hi ddim wedi'i wneud ers pan oedd hi'n blentyn bach. Gweddïo.

17 GWESTY

'NôL YN Y GWESTY lle roedd y Dyn Tenau'n aros, roedd Rhian, y ferch tu ôl i'r ddesg, yn cael ffrae.

"Mae'n bwysig rhoi ateb llawn *bob* amser, Rhian," meddai Chris Humphreys.

Coc oen, meddyliodd Rhian. Dyna'r unig ffordd o ddisgrifio Chris Humphreys, is-reolwr y gwesty. Dyn ifanc pwysig, yn meddwl ei fod yn well na phawb arall. Roedd o wedi clywed Rhian yn siarad efo'r dyn crîpi hwnnw o stafell 217. Hwnnw oedd yn holi am gwmnïau tacsi.

Daeth Humphreys allan o'r swyddfa y tu ôl i ddesg y dderbynfa ar ôl i'r dyn crîpi fynd allan.

"Mae *dau* gwmni tacsis yn y dref yma, Rhian."

"Oes, dw i'n gwybod. Ond dyn ydi o, yn de? Ar gyfer merched yn unig mae Pandora's," meddai Rhian. "A dim ond yn y nos maen nhw'n gweithio."

Doedd Chris Humphreys ddim wedi hoffi hyn. Wedi'r cwbl, *y fo* oedd yn iawn bob tro.

"Dim ots!" meddai. "Mi glywais i'r dyn yn

gofyn a oedd cwmni arall yn y dref, ac ysgwyd dy ben wnest ti. Pan ddaw o yn ei ôl, Rhian, dw i am i ti ddweud wrtho fo am Pandora's. O'r gorau?"

"O, o'r gorau, *Mr* Humphreys."

Ac yn awr, gallai weld y dyn crîpi'n dod i mewn drwy'r drysau. Daeth Chris Humphreys allan o'r swyddfa fel cwcw allan o gloc, a chlirio'i wddf y tu ôl i Rhian.

"Y... esgusodwch fi..."

Edrychodd y dyn arni. Roedd ei wyneb yn wyn fel blawd, sylwodd Rhian. Ych, ma hwn yn crîpi *iawn*.

"Roeddech chi'n holi fore heddiw am gwmnïau tacsis? Mae un arall yn y dref heblaw Towncars."

Syllodd y dyn arni gan ddweud dim. Dechreuodd Rhian deimlo'n annifyr. Yna gwelodd rywbeth yn symud yn llygaid y dyn. Rhywbeth tywyll. *Dw i isio sgrechian*, meddyliodd Rhian. *Sgrechian mewn ofn.*

"O, ia?" sibrydodd y dyn. "A'r enw?"

"Ond cwmni ar gyfer merched yn unig ydi o..."

"*Yr enw!*"

"P... Pandora's..."

Trodd y dyn a mynd i gyfeiriad y lifft.

Rhwbiodd Rhian ei breichiau. Roedd rhywun newydd gerdded dros ei bedd.

18 YSTAFELL 217

Canodd y ffôn.

"Pandora's," meddai Ruth.

Clywodd Rhian lais dyn yn dweud, "O... prynhawn da. Holi ynglŷn â thacsi ydw i."

"I chi?"

"Na, na, ar gyfer fy merch a dwy o'i ffrindiau. Dim ond holi ydw i ar y foment." Chwarddodd y dyn. "Dydyn nhw ddim wedi penderfynu'n iawn eto. Dach chi'n gwybod fel mae'r merched ifainc yma."

"Iawn," atebodd Ruth. "Rydan ni'n gweithio rhwng saith a hanner nos, ond mae angen i chi drefnu ymlaen llaw. Dim ond dwy ohonon ni sy'n gyrru, dach chi'n gweld."

"Dwy?"

"Pryd byddwch chi isio'r tacsi?"

"Ah... y... wel, dyna'r broblem. Bydd yn rhaid i'r ferch benderfynu yn gyntaf. Ga i ddod yn ôl atoch chi?"

"Dim problem. Diolch am ffonio Pandora's."

Y pen arall, yn ystafell 217, diffoddodd y Dyn

Tenau ei ffôn symudol newydd.

Dwy. Roedd hynny'n niwsans. Ac roedd amser mor brin. Dylai fod ym mhen arall y wlad erbyn hyn. Dylai fod wedi gadael y dref yma ymhell cyn iddyn nhw ddod o hyd i gorff Ian Parry. Efallai fod hynny wedi digwydd yn barod. A bod y ddynes yn y tacsi yn eistedd efo'r heddlu rŵan, yn dweud am y dyn a welodd neithiwr ar stad Bryngwyn. Yn ei ddisgrifio. Ond efallai ddim.

Dwy, meddyliodd. Tair, gan gyfri'r ddynes gyda'r gwallt coch. Roedd honno rŵan yn gorwedd yn farw yn y rhedyn wrth ymyl y goedwig. Roedd o wedi ei thynnu allan o'r tacsi a gwneud iddi fynd ar ei gliniau yn y rhedyn.

"Tynna dy ddillad," meddai wrthi.

Doedd o ddim eisiau ei chyffwrdd, wrth gwrs. Dim ond rhoi rhywbeth iddi ei wneud, i fynd â'i sylw, wrth iddo fynd y tu ôl iddi a thynnu ei gyllell ar draws ei gwddf. Doedd hi ddim hyd yn oed wedi cael cyfle i ddatod botwm cyntaf ei blows.

Sibrydodd yn ei chlust, "Wela i di yn o fuan."

Gyrrodd y tacsi yn ôl at gyrion y dref, a'i adael ym maes parcio'r amlosgfa. Cerddodd allan yng nghanol criw o bobl oedd newydd ffarwelio â rhywun.

Job done. Neu felly roedd o'n credu, nes iddo fynd yn ôl i'r gwesty i nôl ei fag a thalu'r bil. A chlywed am Pandora's. *Efallai* fod dim rhaid iddo boeni. *Efallai* mai'r ddynes gyda'r gwallt coch oedd yr un iawn drwy'r amser. Ond efallai ddim. Ac roedd amser *mor* brin.

Gwaeddodd yn sydyn wrth i'r llygoden fawr y tu mewn i'w stumog ei frathu eto.

Rhowliodd mewn pelen ar y gwely gan riddfan i mewn i'r gobennydd. Syrthiodd i'r llawr. Ar ei bedwar, aeth i nôl ei gôt a'r tabledi yn y boced. Gwthiodd ddwy i mewn i'w geg a'u llyncu.

Roedd y boen yn loetran y tro hwn cyn ildio i'r tabledi o'r diwedd. Ac yn dod yn fwy a mwy aml. Cododd a thaflu dŵr oer dros ei wyneb. Yna edrychodd ar gyfeiriad Pandora's yn y llyfr ffôn. Ac aeth allan.

Petai wedi aros, ac wedi edrych ar y teledu, efallai y byddai wedi dal newyddion Cymru. A chlywed fod rhywun wedi dod o hyd i gorff dyn ifanc mewn car ar hen stad ddiwydiannol yn y dref.

19 VAL

EDRYCHODD DC ARTHUR JONES o'i gwmpas. Roedd golwg flinedig ar bopeth yn y dafarn: ar ei thu allan, ar ei thu mewn, ar y balŵns ac ar holl geriach y Nadolig oedd yn hongian yn llipa o'r waliau a'r bar, ar ei staff ac yn enwedig ar ei chwsmeriaid.

Hen recordiau oedd ar y jiwc bocs hefyd, ond dyna un rheswm pam fod Arthur yn reit hoff o'r dafarn hon. I gychwyn, recordiau oedden nhw, nid CDs. Stwff da, hefyd. Y Stones, Otis Redding, Aretha Franklin, Bob Dylan, The Byrds, The Troggs a The Who. Hyd yn oed Sinatra a Dean Martin. Ac Elvis, wrth gwrs.

A dweud y gwir, y miwsig oedd yr unig beth am y dafarn nad oedd byth yn blino.

Aeth Arthur yn syth at y jiwc bocs. Dewisodd 'Wild Thing' gan y Troggs, 'Try a Little Tenderness' gan Otis a 'Lay Lady Lay' gan Dylan.

Yna trodd at y bar.

Roedd yn falch o weld mai Val oedd yno'n gweithio. Val a'i bronnau bendigedig.

Ysgydwodd ei phen tywyll wrth i Arthur gerdded tuag ati.

"Be?" holodd Arthur, er ei fod yn gwybod yn iawn be oedd yn bod.

"Rw't ti wedi'i neud o eto. Dychryn 'y nghwsmeriaid i i ffwrdd."

Roedd Arthur wedi sylwi ar ddau ddyn ifanc yn codi'n sydyn a diflannu, eiliadau ar ôl iddo gerdded i mewn. Jason Jarvis a Daido Harrison – lladron, gwerthwyr cyffuriau, mygyrs a bwlis. Dyna pam bod Arthur wedi mynd at y jiwc bocs er mwyn rhoi cyfle iddyn nhw adael. Roedd o wedi cael gair efo'r ddau beth amser yn ôl. Doedd o ddim eisiau gorfod anadlu'r un aer â rybish fel nhw.

"Wyt ti isio petha fel y ddau yna'n gwsmeriaid?"

"Dw i'n ddiolchgar am unrhyw un y dyddia yma. A phan ddaw'r *smoking ban*..." Ysgydwodd Val ei phen eto, ond gyda thristwch y tro hwn. "Peint?"

Nodiodd Arthur. Edrychodd o gwmpas y bar. Gallai ddeall pam bod Val yn poeni. Dim ond rhyw hanner dwsin o bobol oedd yno – hen ddynion i gyd, a phob un yn smocio.

Credai Arthur fod tafarnau fel hyn yn werth eu pwysau mewn aur. Corneli bach tawel lle roedd rhywun yn gallu dod i yfed, i smocio, i sgwrsio, heb deimlo bod yn rhaid iddyn nhw fwyta pryd anferth. Llefydd lle roedd pawb yn meindio'i fusnes ei hun.

Ond roedd y Llywodraeth yn benderfynol o'u lladd. *Gentrification*, dyna oedd y gair mawr. Prisiau tai yn codi'n wallgof; cic dan din i'r gweithwyr. A hyn i gyd dan lywodraeth Lafur, meddyliodd Arthur. Y dyddiau yma, roedd yn rhaid i bob man fod yn *'family friendly'*. Yn ddigymeriad. Yn ddosbarth canol. Yn ffug.

Fel y clowns sy'n rhedeg y wlad, meddyliodd.

"Dydi hon ddim yn job wych, o bell ffordd," meddai Val, gan osod peint Arthur ar y bar o'i flaen. "Ond dw i ddim isio gorfod chwilio am un arall. Dw i'n rhy hen."

Talodd Arthur am ei ddiod. "Fyddi di byth yn rhy hen. Rwyt ti fel Cleopatra – *age shall not wither her, nor custom stale her infinite variety.*"

"Arthur? Piss off," meddai Val, ond â gwên ar ei hwyneb. Daliodd ef yn edrych ar ei bronnau dros ei wydryn peint. "A rho'r gora i sbio ar 'y nhits i."

"Hiraeth, dyna'r cwbl," meddai Arthur.

Roedd y ddau yma'n mynd yn ôl flynyddoedd lawer, wedi cysgu gyda'i gilydd fwy nag unwaith. A chrio efo'i gilydd, hefyd, dagrau meddw a chwerw yn gwlychu bron a bronnau. Wedi'u defnyddio'i gilydd, i bob pwrpas, pan oedd y ddau'n teimlo'n fwy unig nag arfer. *Flotsam* a *jetsam* oedd yn digwydd taro'n erbyn ei gilydd bob hyn a hyn.

Aeth un o'r hen ddynion am beint arall ac eisteddodd Arthur yng nghornel y bar a thanio sigarét.

"His clothes are dirty but his hands are clean,
And you're the best thing he's ever seen," canodd Dylan, ac, fel y dafarn, roedd Arthur Jones hefyd yn teimlo wedi blino.

Dw i ddim isio gorfod gweithio, meddyliodd. Dw i isio aros yma'n yfad ac yn gwrando ar Dylan drwy'r pnawn, a mynd adref wedyn efo Val ac i'r gwely a chysgu efo mhen yn gorffwys ar y tits ffantastig yna. A dw i isio deffro efo hi, a gwbod fod dim rhaid i'r un ohonan ni godi os nad ydan ni isio.

"Helô."

Edrychodd i fyny. Roedd Val wedi gorffen serfio'i chwsmer ac yn sefyll yno'n ei wylio.

"Sori. Ro'n i'n bell i ffwrdd."

"Rhywle neis?"

Gwenodd Arthur. "Rhywle bendigedig. Roeddat ti yno hefyd."

"O'n i wir?" meddai Val. Gwenodd, ei gwên ychydig yn gam. "Dim rhyfedd dy fod di'n edrach yn ddigalon, felly."

Roedd ei llygaid brown yn wlyb. Rhoddodd Arthur ei law dros ei llaw hi.

"Be sy, del?"

Ysgydwodd Val ei phen yn ffyrnig. Trodd i ffwrdd a chwythu'i thrwyn.

"O, dim byd. Jest – ysti… petha. 'Dolig. Y Flwyddyn Newydd. Y chdi, hefyd."

"Fi?"

"Isio rhwbath rw't ti, yn de? Rhwbath heblaw 'ngweld i."

Does yna ddim pwynt i mi drio deud celwydd, meddyliodd Arthur. Ma hon yn fy nabod i'n rhy dda.

"Y busnas Leonard Christie 'ma, Val."

"Weli di ddim llawar o bobol yn beichio crio ar 'i ôl o."

"Dw i'n gwbod. Ma'r DCI yn meddwl mai rhywun newydd wna'th. Rhywun sy isio pob dim oedd gan Christie."

"Does 'na neb diarth o gwmpas, hyd y gwn i," meddai Val.

"Siŵr?"

"Does 'na neb wedi sôn, beth bynnag. A mi faswn i wedi clywad *rhwbath*, tasa 'na rwbath i'w glywad."

"Mmmm…" Yfodd Arthur ragor o'i gwrw. "Dyna fasa'n gneud synnwyr, rhyw *take over bid*, ond… O, dwn i'm. Dydi o ddim yn teimlo felly i mi."

"Wel, Christie ei hun wedi mynd, dau o'i ddynion..." Edrychodd Arthur arni.

"Dau, Val?"

"Ian Parry oedd yn y car 'na ffeindioch chi heddiw ym Mryngwyn, yn de? Neu felly roedd rhywun yn sôn gynna."

"Pwy?"

"Neb pwysig."

Ochneidiodd Arthur. "Ia, Parry oedd o."

"Fflash Harri," meddai Val.

Dechreuodd Arthur nodio. Yna sylwodd fod Val yn syllu reit i fyw ei lygad. Yn trio dweud rhywbeth wrtho.

"Be?"

"Fflash Harri, Arthur. Roedd pres gan Parry. Digonadd o bres. Ac roedd Leonard Dew yn enwog am... be?"

"Am fynd ar ôl y pres. Ti'n iawn."

Dechreuodd rhywbeth droi ym meddwl blinedig DC Jones. Meddyliodd am fflat Ian Parry. Yr holl offer *state of the art*. Ei BMW drud... "Esgusoda fi am funud," meddai wrth Val.

Tynnodd ei ffôn o'i boced. Deialodd rif y mortiwari.

"Tua faint o'r gloch oedd hi pan farwodd Ian Parry?" gofynnodd, pan gafodd afael ar y meddyg.

Gwenodd pan glywodd fod Ian Parry wedi'i ladd o gwmpas hanner nos. Dim llawer hwyrach, yn sicr. Rhyw ddwy awr neu dair *cyn* i Leonard Christie a Mac farw.

Diolchodd i'r meddyg a diffodd ei ffôn. Meddyliodd. Yna ffoniodd swyddfa'r heddlu. Doedd y bòs DCI Lewis ddim yno, na Jenny James chwaith.

"Dim ond y fi, ar y foment," meddai DS Peter Robinson. Yna, yn ddiamynedd,

"Be wyt ti *isio*, Arthur?"

Be wna i? Deud wrth hwn, neu be? meddyliodd Arthur. Waeth i mi neud, penderfynodd.

Ar ôl i Arthur orffen, yr unig beth ddywedodd Robinson oedd, "A dyna ni, ia? Dyna'r cwbwl?"

"Ar y fomant, ia."

"Sori, Arthur, ond ma gan y DCI betha gwell i'w gneud na gwrando ar ryw syniada fel 'na. A 'mond syniad ydi o, yn de? 'Sgen ti ddim prawf o ddim byd. A wyddost ti be? Ma gen inna betha gwell i'w gneud na gweithio fel *messenger boy* i ti."

Clic. Gwgodd Arthur ar ei ffôn.

"Bastad..."

"Pwy?" meddai Val.

"A'r peth gwaetha ydi, mae o'n iawn. 'Mond

syniad sy gen i. Theori. Ac un sy ddim yn helpu rhyw lawar, chwaith." Edrychodd Arthur ar Val. "Sori... mwydro ydw i."

Ochneidiodd yn ddigalon. Rhoddodd Val ei llaw dros ei law ef. "Didyms."

Ond gadawodd ei llaw yno.

Edrychodd Arthur i'w llygaid.

"Faint o'r gloch w't ti'n gorffan am y pnawn?"

Syllodd Val arno. Edrychodd i ffwrdd. Meddyliodd. Yna penderfynodd. Trodd yn ôl ato.

"Fedri di aros am awr arall?"

20 "TAXMAN"

WEDI I DS PETER Robinson fynd allan o'r swyddfa, trodd DCI Lewis at DI Jenny James.

"Ydi'r clown Robinson yna'n meddwl 'mod yn ddwl ne' rwbath?" gofynnodd.

Roedd y DCI a Jenny James wrthi'n trafod y syniad o *hit man* pan ddaeth Robinson i mewn. Cyflwynodd syniad Arthur iddo fel ei syniad ef.

"Roedd stamp Arthur Jones dros hwnna i gyd!" meddai Lewis. "Mi ddaru o hyd yn oed alw Leonard Christie yn 'Len Dew'. Dyna be ma Arthur wastad yn 'i alw fo."

Cytunodd Jenny. "Dyna'n union be ro'n i'n 'i feddwl. Ond ro'n i'n rhy brysur yn trio pidio â chwerthin bob tro roedd o'n 'ych galw chi'n 'Gyf'."

Gwgodd Lewis. Roedd DS Robinson yn mynnu'i alw'n 'Gyf' bob gafael. Fel tasa fo'n actio yn *The Bill*.

"Gyf, o ddiawl."

"Ond ma syniad Arthur *yn* gneud synnwyr," meddai Jenny. "Bod Leonard Christie wedi galw rhywun i mewn i gael gwared ar Ian Parry. Roedd fflat hwnnw fel palas, wir i chi. Yn sicr, doedd o ddim wedi talu am bob dim efo'r cyflog roedd Christie'n ei dalu i'w ddynion. Ma'n rhaid bod Parry wedi bod yn hogyn drwg, yn helpu'i hun i gryn dipyn mwy o bres nag y dylai."

"Neu wedi bod yn gwerthu cyffuriau Len Dew ar y slei," meddai Lewis. "Ocê! Be sy gynnon ni?" Dechreuodd gyfrif efo'i fysedd.

"Ian Parry'n cael ei ladd o gwmpas hannar nos, yn ôl adroddiad y doctor. A chael torri'i law i ffwrdd tra oedd o wrthi.

"Wedyn, rywbryd rhwng dau a thri o'r gloch y bore, ma Len Dew a'r *bodyguard* yn 'i cha'l hi.

"Yna, ma'r tŷ'n ca'l 'i losgi ac efo'r cyrff rydan ni'n ffeindio llaw goll Ian Parry.

"A'r tri wedi ca'l 'u lladd yr un ffordd, cyllall ar draws 'u gyddfa."

"A phwy sy'n defnyddio'r dull yna o ladd?" oedd cwestiwn Jenny.

Tarodd Lewis ei fys yn erbyn ffeil. Ffeil denau iawn.

"Hwn. Y blydi ysbryd 'ma."

Rhywun heb unrhyw record o gwbl oedd 'ysbryd'. Rhywun roedd ambell i sôn amdano, ond dim mwy. Rhywun nad oedd efallai'n bod o gwbl. Si. Chwedl. Myth.

"Yn hollol, syr," meddai Jenny. " 'Y *Taxman*'."

"Pwy bynnag ydi o. Ac *os* ydi'r diawl yn bodoli o gwbwl."

"Wel, os ydi o," meddai Jenny, "yna mae o wedi hen fynd erbyn rŵan."

"Pam 'Y *Taxman*'?" gofynnodd Lewis. "Does 'na neb yn gwbod, ma'n siŵr?"

Cododd Jenny ei hysgwyddau.

"Yr hen ddywediad 'na, falla. *There are only two certainties in life, death and taxes*? Dwn i'm. 'Mond gesio ydw i."

"Gesio fyddan ni hefyd, unwaith y gwnawn ni ddechra mynd ar ôl ysbrydion," meddai Lewis. Gwenodd. "Hwyrach mai rhywun sy'n gweithio i'r Inland Revenue ydi o. 'Swn i ddim yn rhoi dim byd heibio'r bastads rheiny!"

21 MAM A MAB

DOEDD DIM GOLWG o Josh pan gyrhaeddodd Ffion y fflat. Ond roedd y set deledu ymlaen, felly doedd o ddim yn bell. Ac roedd gan Ffion syniad reit dda lle'r oedd o.

Aeth o'r fflat ac i ben draw'r coridor lle roedd y drws i'r to. Roedd y stepiau bron yn wyn gyda chachu adar. Dyna lle'r oedd Josh, yn eistedd â'i gefn ati ym mhen pella'r to. Gallai Ffion weld y mwg yn codi'n llwyd cyn i'r awel ei gipio i ffwrdd.

"Josh..."

Neidiodd Josh. Trodd.

O leia mae o wedi cochi, meddyliodd Ffion. Cerddodd ato ac eistedd wrth ei ochr. Doedd dim golwg o'r sigarét erbyn hyn, wrth gwrs, ond roedd ei harogl yno'n gryf.

Yn ei anorac tew, a'i wyneb yn goch fel hyn, edrychai Josh yn ifanc iawn, heblaw am y *bum fluff* roedd ganddo dan ei drwyn ac ar ei ên.

"Dw i ddim yn mynd i bregethu," meddai wrtho fo.

"*Change...*"

Paid â gwylltio, Ffion, meddai wrthi'i hun.

"Rw't ti'n gwbod peth mor stiwpid ydi smocio. Yn dw't?"

"Mi fasach chi'n pregethu mwy taswn i ar heroin. Diolchwch 'mod i ddim."

"Na. Diolcha *di*!" meddai Ffion. "Mi fasat ti yn dy fedd cyn i ti fod yn ugain oed."

Cododd Josh ei ysgwyddau'n ddi-hid.

"Josh!"

"Ocê, ocê!"

Distawrwydd wedyn. Am dros funud.

O ben to'r fflatiau, edrychai'r dref fel tref Lego. Neu fel...

"W't ti'n cofio, pan aethon ni ar wylia i Sidmouth ers talwm? Y pentra bach model hwnnw... W't ti'n cofio? Ma'r dre yma'n edrach yn union fel hwnnw o fan 'ma. Be oedd enw'r pentra, w't ti'n cofio?"

Cododd ei ysgwyddau eto.

Ochneidiodd Ffion.

"Josh, Josh, be sy wedi digwydd i ni? Roeddan ni'n arfar bod yn ffrindia mawr, chdi a fi. Jyst ni'n dau, a thwll din pawb arall. Yn de? Os mêts, mêts! Ti'n cofio?"

Edrychai'r bachgen yn annifyr rŵan. Dechreuodd godi.

"Fyddan ni ddim yn byw yn y fflat crap 'ma am byth, ysti. Gei di weld. Un o'r dyddia 'ma, mi awn ni o'ma, a byw mewn tŷ iawn."

Roedd ei geiriau'n swnio'n wag, hyd yn oed iddi hi ei hun. Clywodd sŵn drws y to yn agor a chau. Pan drodd, roedd Josh wedi mynd.

"Un o'r dyddia 'ma..." meddai Ffion eto.

22 Y PARC

AGORODD Y DYN TENAU ei lygaid. Ble roedd o? Roedd brigau uwch ei ben, brigau ym mhob man. Brigau du, gwlyb a noeth. Fel bysedd tenau yn ceisio tagu'i gilydd. A dail o dan ei gefn. Dail gwlyb, dail wedi hen farw. Yna cofiodd.

Roedd o wedi dod yma i chwilio am y tŷ lle'r oedd swyddfa Pandora's. Lle tawel, yn llawn o dai solet a drud. Yr hyn mae gwerthwyr tai yn hoffi'i alw yn *leafy suburb*. Doedd neb yn y tŷ pan gyrhaeddodd o, ond roedd parc y dref yn union gyferbyn. Ac roedd digon o goed a llwyni yn y rhan yma o'r parc iddo fedru cuddio a gwylio'r tŷ. Ac i roi cysgod rhag y cawodydd annifyr o eirlaw fyddai'n disgyn bob hyn a hyn.

Yna, o nunlle, daeth y boen yn ôl. Yn waeth nag erioed y tro hwn. Dechreuodd estyn am ei dabledi o'i boced, ond daeth brathiad arall a gollyngodd y botel i ganol y dail a'r pridd. Syrthiodd yn ei ddyblau ar y llawr. A chyn llewygu, meddyliodd, *Alien*. Ma hyn fel yn y ffilm *Alien* pan ffrwydrodd y bwystfil hwnnw allan o stumog John Hurt... Dyna'r peth olaf iddo'i gofio.

Tan rŵan. Cododd ar ei draed yn araf. Roedd ei dabledi dros y lle i gyd. Cododd hwy'n ofalus, fesul un, a'u sychu ar ei lawes cyn llyncu dwy a rhoi'r lleill yn ôl yn y botel.

Yna gwelodd fod car wedi'i barcio y tu allan i'r tŷ, tŷ Pandora's.

23 TŶ RUTH

Roedd Ruth yn gorwedd yn y bath.

Roedd hi wedi mynd â'i merched i gartref un o'u ffrindiau, ac wedyn aeth i farchogaeth. Roedd yr awyr iach wedi gwneud byd o les iddi, wedi clirio'i phen ar ôl wynebu Kathy Cornwell yn gynharach.

Rŵan, teimlai'r dŵr poeth yn fendigedig. Byddai gwydraid o win yn neis hefyd, meddyliodd, ond roedd rhaid iddi weithio heno. Braf oedd cael y tŷ iddi'i hun unwaith eto. Roedd cael dwy ferch, deunaw ac ugain oed, o gwmpas y lle yn blino rhywun, er mor hoff roedd hi o Karin a Tess. Roedd yn braf cael mwynhau tawelwch y tŷ, heb fod miwsig yn dod o bob cyfeiriad.

Tawelwch. Tawelwch perffaith. Caeodd Ruth ei llygaid.

Mae rhai pobol yn *gofyn* am drwbwl, meddyliodd y Dyn Tenau. Caeodd y drws cefn yn ddistaw ar ei ôl. Safodd yn y gegin a gwrando. Doedd dim smic i'w glywed y tu mewn i'r tŷ, heblaw am synau bob dydd fel peiriant y ffrij.

Roedd tair ystafell arall ar y llawr gwaelod – stydi, a dau barlwr. Roedden nhw i gyd yn wag.

Eisteddodd ar gadair yn y parlwr lleiaf i gael ei nerth yn ôl. Sychodd y chwys oddi ar ei wyneb efo'i hances boced. Tŷ hyfryd, meddyliodd. Roedd y dodrefn yn ddrud ac yn gyfforddus, y carpedi'n dew a'r *décor* yn chwaethus. Byddai ei chwaer wrth ei bodd gyda thŷ fel hwn.

Ac maen nhw'n gadael y drws cefn heb ei gloi, meddyliodd. Gofyn am drwbwl. Ond wedyn, roedd yntau'n mentro hefyd. Gallai'r tŷ fod yn llawn o bobol. Roedd llun mam a dwy o ferched ar un o'r silffoedd llyfrau – y fam yn ddynes smart, wedi cadw'i hoed yn dda. A'r merched fel dwy fodel. Doedd dim llun o ddyn i'w weld yn nunlle. Ble maen nhw, tybed? meddyliodd.

Roedd cyfrifiadur a ffôn a pheiriant ateb ar y bwrdd wrth y ffenestr. Dw i yma yn swyddfa Pandora's, meddyliodd, ond beth ydi enwau'r 'ddwy' sy'n gyrru'r tacsis? A pha un oedd allan am hanner nos neithiwr? Roedd dyddiadur ar y bwrdd. Ynddo, gwelodd fod 'Ff' ac 'R' wedi bod yn gweithio neithiwr. Damia!

Roedd y cyfrifiadur ymlaen. Symudodd y llygoden a daeth y sgrin yn fyw. Ah! Dyna welliant. Roedd manylion neithiwr i gyd yma, wedi'u rhestru mewn math ar lòg proffesiynol: amseroedd, lle roedden nhw wedi bod, pwy oedd wedi bwcio'r tacsis... a phwy oedd yn gyrru, a phryd.

Gwelodd fod 'Ff' wedi mynd draw i stad Bryngwyn am- ychydig cyn hanner nos neithiwr. 'Ff' amdani, felly. Ond pwy *oedd* 'Ff'? A phwy oedd 'R'? Trodd i gefn y dyddiadur lle'r oedd rhestr o gyfeiriadau a rhifau ffôn. *Yes!* meddyliodd.

Rhywun o'r enw Ffion oedd 'Ff'. Ac roedd ei chyfeiriad yma. Bloc o fflatiau ym mhen arall y dref. Rhwygodd y dudalen allan a'i stwffio i mewn i'w boced. Tŷ 'R' oedd hwn, felly, pwy bynnag oedd 'R'.

Reit, meddyliodd. Dw i wedi gorffen yma, beth bynnag. Yna teimlodd ei drwyn yn cosi. Cododd ei ben. Roedd arogl hyfryd a chryf wedi dechrau dod o rywle. Arogl sebon. Aeth y Dyn Tenau allan i'r cyntedd. Clywodd sŵn sblasian dŵr yn dod o fyny'r grisiau. A llais dynes yn hwmian canu iddi'i hun.

Galla i fynd rŵan, meddyliodd. Galla i fynd allan yn ôl drwy'r drws cefn a fydd hi ddim callach 'mod i wedi galw yma o gwbl. Nes iddi weld fod tudalen wedi'i rhwygo allan o'i dyddiadur. Ond dim ots am hynny. Cychwynnodd am y gegin. Yna arhosodd.

Beth petai 'Ff' wedi sôn wrth 'R' am yr hyn welodd hi neithiwr? Am y dyn yn stad Bryngwyn a roddodd fraw iddi? Doedd dim 'petai' amdani. Siŵr Dduw, meddai wrtho'i hun, ma 'Ff' yn sicr o fod wedi sôn!

Damia! Mae'n rhaid i mi wneud rhagor o dacluso wedi'r cwbl, meddyliodd.

Cychwynnodd i fyny'r grisiau.

24 15.10

DIGWYDDODD LLAWER O BETHAU am ddeng munud wedi tri y diwrnod hwnnw. Pob un ohonyn nhw mewn gwahanol rannau o'r dref.

Dechreuodd fwrw eirlaw eto, yn oer a gwlyb ac annifyr. Cododd Ffion a mynd oddi ar y to, yn ôl i lawr i'r fflat. Roedd y to'n gallu bod yn llithrig iawn pan oedd yn wlyb.

Doedd neb o Towncars wedi gallu cael gafael ar Kathy Cornwell dros y radio. Roedd y gyrwyr i gyd wedi bod yn trio ers dros ddwy awr. Doedd hyn ddim fel y Bòs o gwbl.

Ac am ddeng munud wedi tri canodd y ffôn yn y swyddfa. Aelod o staff yr amlosgfa oedd yno. Roedd un o geir Towncars, am ryw reswm, wedi'i barcio yn eu maes parcio nhw ac roedden nhw eisiau cloi am y dydd. Fasa rhywun mor garedig â dod yno i'w nôl, plîs?

Ochneidiodd DC Arthur Jones yn uchel. Roedd Val yn gorwedd arno, ei bronnau'n gwasgu'n feddal yn erbyn ei frest. Gafaelodd hi ynddo a'i dywys i mewn iddi. Fel melfed, meddyliodd

Arthur. Fel melfed cynnes.

Roedd y newyddion ymlaen ar y teledu pan gerddodd Ffion i mewn i ystafell fyw y fflat. Roedd Josh ar fin rhoi DVD i mewn yn y peiriant. Cafodd Ffion gip ar y sgrin o rywle cyfarwydd. Rhywle cyfarwydd iawn. Stad Bryngwyn...

"Josh! Na!" gwaeddodd Ffion.

Neidiodd Josh.

"Be... ?"

"HYSH!"

Clywodd Ffion y gohebydd yn dweud bod corff dyn ifanc wedi cael ei ddarganfod ar y stad. Wedi cael ei ladd. Neithiwr.

Neithiwr. Sgrialodd Ffion am y ffôn.

Cododd Ruth a chamu allan o'r bath. Roedd y dŵr wedi dechrau oeri. Cydiodd mewn tywel a dechrau sychu'i hun.

Yna arhosodd. Oedd hi wedi clywed rhyw sŵn bach y tu allan i'r ystafell 'molchi? Roedd hi wedi gadael y drws ar agor a gallai weld rhan o'r landing drwyddo fo.

"Tess?" meddai. "Karin?"

Dim smic. O, wel, meddyliodd, fi sy'n dychmygu pethau.

Daeth criw o gerddwyr allan o'r goedwig, bron

83

GARETH F. WILLIAMS

i ddwsin ohonyn nhw i gyd, aelodau o Glwb
Ramblo'r dref. Roedden nhw i gyd wedi blino ar
ôl bod allan ers i'r wawr dorri ac wedi cerdded
Duw a ŵyr faint o filltiroedd. Roedd pob un yn
edrych ymlaen at fath neu gawod boeth a swper
blasus.

Yna, o gornel ei lygad, gwelodd un ohonyn
nhw siâp rhyfedd yng nghanol y rhedyn rhwng
y goedwig a'r ffordd fawr. Siâp annaturiol.

Cerddodd i ganol y rhedyn ac edrych i lawr.

Yna trodd i ffwrdd yn sydyn a chwydu.

Canodd ffôn DC Arthur Jones.

"Perfect timing," meddai.

"W't ti'n meddwl?" meddai Val. Symudodd
oddi wrtho yn y gwely a throi ei chefn ato.

Shit, meddyliodd Arthur. Fi a fy ngheg fawr
eto.

"Helô?"

Clywodd lais cyfarwydd yn ei gyfarch. Llais
nad oedd o wedi'i glywed ers talwm.

"Arthur?"

"Ffion! Y chdi sy 'na?"

Cododd o'r gwely ac eistedd ar ei ochr.
Roedd Ffion yn siarad ffwl sbîd, ei geiriau'n
baglu ar draws ei gilydd i gyd. Clywodd enw
Bryngwyn fwy nag unwaith, a rhywbeth am
rhyw ddyn crîpi.

"Wo, wo. Ara deg, Ffion. Be sy?"

"Dw i wedi'i *weld* o, Arthur!"

"Pwy?"

"Dw i newydd *ddeud*! Dw't ti ddim yn ffycin gwrando, ne' be?"

"Ffion!" Tawelwch. "Reit... O'r dechra, ac yn ara deg."

Gwrandawodd yn astud.

"Ocê," meddai. "Ma'n rhaid i ni gyfarfod. Rŵan. W't ti am i mi ddŵad acw?"

"*No way!*"

"Y Red Cow, 'ta? Mewn..." Edrychodd ar ei wats, yr unig beth roedd e'n ei wisgo. "Mewn ugain munud? Ocê. Ta-ra..."

Diffoddodd ei ffôn.

"Dw i'n gorfod mynd, Val. Val... ?"

Ond roedd Val yn cysgu. Gwisgodd amdano'n frysiog.

"Val?"

Dim ymateb. Gwyrodd dros y gwely a chusanu'i phen cyn troi a gadael.

Agorodd Val ei llygaid. Doedd hi ddim yn cysgu. Ddim eisiau iddo fo weld ei dagrau roedd hi.

25 RUTH

ROEDD BWLCH CUL RHWNG drws yr ystafell ymolchi a'r postyn. Trwyddo fo, gwyliodd y Dyn Tenau Ruth yn sychu'i hun. Edrychodd arni fel petai'n syllu ar ddarlun hardd. Dim chwant o gwbl. Peth trist oedd hynny. Roedd wedi hen farw ers cyn iddo gael gwybod ei fod yn sâl. Hwnnw oedd un o'r pethau cyntaf i fynd.

Ond mae hi'n berffaith, meddyliodd. Yn enwedig efo'i chroen yn sgleinio'n binc ar ôl ei bath. Perffaith. Hen dro, a biti garw. Ond dyna ni. Mae'n rhaid i'r pethau 'ma ddigwydd weithia.

Camodd i'r golwg. Edrychodd Ruth i fyny. Agorodd ei cheg i sgrechian.

"Sshh," meddai'r Dyn Tenau.

Camodd Ruth yn ei hôl. Teimlodd ochr y sinc yn taro'n erbyn ei phen-ôl. Roedd ei choesau'n wan, yn wan fel jeli.

Daeth y Dyn Tenau i mewn.

Dw i'n gwbod pwy ydi o! meddyliodd Ruth. *Am hwn roedd Ffion yn sôn.*

"Be ydi d'enw di?" gofynnodd y Dyn Tenau.

Roedd llais Ruth wedi diflannu i rywle. Ochneidiodd y dyn. "Tyrd rŵan, cariad, ma gan bawb enw."

"Ru… Ruth…"

"Ruth."

Nodiodd Ruth.

"Enw Beiblaidd da. Ruth. Dw i'n gobeithio dy fod yn deall. Does gen i ddim byd personol yn d'erbyn di. Faswn i ddim yn gneud hyn tasa na ddim rhaid. Mi wnes i feddwl peidio, a bod yn onast. Ond fedra i ddim mentro, ma'n ddrwg gen i. W't ti'n deall?"

Ceisiodd Ruth ysgwyd ei phen.

Daeth y Dyn Tenau'n nes ati. Caeodd Ruth ei llygaid a brathu'i gwefus. Roedd dagrau'n powlio i lawr ei hwyneb.

"Sshh… " meddai'r dyn eto.

Teimlodd Ruth ei law yn anwesu'i phen yn dyner.

"'Na ni, 'na ni… Theimli di fawr o ddim, dw i'n addo. Dw i'n hen law ar hyn. Dw i am i ti rŵan eistedd yn y bath, a gorwedd yn ôl efo dy ben yn gorffwys yn erbyn y pen yma. A chau dy lygaid. Mi fydd o i gyd drosodd mewn llai na phump eiliad. A fydda i ddim yn hir iawn ar d'ôl di, fel mae'n digwydd."

Cododd Ruth ei phen-glin yn sydyn. Teimlodd y Dyn Tenau dân poeth yn ffrwydro rhwng ei goesau. Baglodd yn ei ôl ar ei liniau ar y llawr. Cododd y pwys mwyaf ofnadwy yn ei stumog a dechreuodd gyfogi. Roedd ei lygaid yn llawn dagrau. Trwyddyn nhw gwelodd gorff noeth Ruth yn llithro heibio iddo fo ac am y drws.

Cydiodd yn ei ffêr. Gwaeddodd Ruth wrth deimlo'i law yn cau fel crafanc am ei ffêr chwith. Hanner baglodd, ond llwyddodd i droi a chyda'i throed dde rhoes hymdingar o gic iddo fo reit yng nghanol ei wyneb. Teimlodd boen sydyn yn ei throed, ond hefyd teimlodd fysedd y dyn yn llacio am ei choes chwith. Gwelodd ei drwyn yn agor yn goch fel rhosyn mewn cartŵn Disney.

Ac roedd hi'n rhydd. Saethodd allan o'r ystafell ymolchi, ar hyd y landing ac i lawr y grisiau am y drws ffrynt. Anghofiodd ei bod yn noethlymun, anghofiodd ei bod yn oer y tu allan, anghofiodd am y boen a losgai yn ei throed dde. Y peth pwysicaf un yn yr holl fyd oedd ffoi oddi wrth y Dyn Tenau.

Agorodd y drws ffrynt.

Dyn parchus iawn oedd Dewi Rowlands. Yn briod, yn dad i dri o blant ac yn flaenor yn ei gapel. Ond yn ddistaw bach, roedd o wastad wedi ffansïo Ruth, ac yn aml yn cael ffantasi fach amdani'n gofyn iddo groesi'r stryd o'i dŷ o i'w thŷ hi, i'w 'helpu gyda rhyw broblem' oedd ganddi yn ei hystafell wely. Ac unwaith yr oedd hi wedi denu Dewi i fyny'r grisiau... wel, dyna pryd y byddai Dewi yn cofio bob tro ei fod yn flaenor parchus.

Heddiw, felly, wrth iddo wagio'i gar ar ôl bod yn Tesco's, meddyliodd ei fod o'n breuddwydio. Neu o leiaf yn gweld pethau. Oherwydd dyma hi, Ruth ei hun, yn rhedeg ar draws y stryd tuag ato, *yn hollol noeth*!

Rhythodd Dewi yn gegagored. Yna sylweddolodd fod Ruth yn sgrechian... yn sgrechian arno i ffonio'r heddlu. *Rŵan!*

Deffrodd Dewi. Tynnodd ei gôt a'i rhoi dros ysgwyddau Ruth, ond prin fod y ddynes druan yn sylwi. Deallodd fod rhywun *yn ei thŷ*, rhywun oedd wedi ceisio'i lladd. Ffôn, meddyliodd. Mae'n rhaid i mi ffonio. A meddyliodd, dydi petha fel hyn ddim i fod i ddigwydd i flaenor parchus.

Llwyddodd y Dyn Tenau i sefyll. Roedd ei geilliau'n teimlo fel petaen nhw wedi chwyddo. Fel peli snwcer. Baglodd allan ar y landing. Roedd y drws ffrynt yn gilagored.

"Damia!" meddai'n uchel.

Roedd yn amlwg fod Ruth wedi dianc. Fwy na thebyg roedd hi ar y ffôn rŵan hyn.

Roedd ei amser yn fwy prin nag erioed.

Anghofia amdani, meddai wrtho'i hun.
  Anghofia am Ruth.
    Ffion ydi'r un bwysig.

26 Y SGETS

Syllodd DC Arthur Jones ar y sgets.

"Ac roedd hwn," meddai, "yn cerdded o gwmpas Bryngwyn *am hanner nos neithiwr?*"

Nodiodd Ffion. Rhwbiodd ei breichiau. Roedd meddwl am y Dyn Tenau yn dal i godi croen gŵydd drosti i gyd.

Roedd Arthur a hi yn y Red Cow, tafarn boblogaidd reit yng nghanol y dref.

Dyma lle'r oedden nhw'n dod bob tro yr oedd angen i'r ddau sgwrsio. Nid fod hynny'n digwydd yn aml. Dim ond pan oedd Ffion eisiau rhywbeth. Arian, gan amlaf. Nid iddi hi'i hun, ond ar gyfer Josh.

"Roedd o'n blydi crîpi, Arthur," meddai Ffion. "Yn sbŵci, hyd yn oed. Y ffordd y daeth o am y car, yng nghanol yr eirlaw. Fel rhyw *vampire.*"

"*Nosferatu,*" meddai Arthur. "Mae o'n edrach fel Max Schreck yn *Nosferatu.*"

"Fel 'na *roedd* o'n edrach!" meddai Ffion. "Dw i ddim yn gor-ddeud, ysti."

"Na, dw i'n gwybod."

Roedd Arthur yn gwybod bod Ffion yn

arlunydd rhy dda i wneud camgymeriad. Yn gwybod fod y sgets yma gystal bob tamaid â llun wedi'i dynnu â chamera. Ac roedd yn gwybod hefyd mai hwn oedd y llofrudd.

Ond pwy oedd o?

"W't ti'n 'i nabod o?" gofynnodd Ffion, fel petai hi wedi darllen ei feddwl.

Ysgydwodd Arthur ei ben.

"Neb lleol," meddai. "Pwy bynnag ydi o, mae o wedi hen fynd erbyn rŵan, mae'n siŵr."

Ond roedd Ffion yn ysgwyd ei phen yn ffyrnig.

"*Nac 'di!* Wel, doedd o ddim amser cinio heddiw, beth bynnag."

"Be? W't ti wedi'i weld o eto?"

Dechreuodd Ffion ddweud wrtho fel roedd hi wedi gweld y Dyn Tenau yng nghefn tacsi Kathy Cornwell.

Yna canodd ffôn Arthur.

"Sori," meddai. "Sgiwsia fi am funud. Helô?"

Gwrandawodd am eiliadau, yna neidiodd yn ei sedd gan ddychryn Ffion.

"*Be?!*"

Daeth sŵn uchel o'r peiriant fideo tu ôl iddynt.

"Ffycin hel!" meddai Arthur yn flin. "Sori, syr... sori... jyst sŵn sy 'ma. 'Rhoswch funud..."

Cododd.

"Paid â symud o 'ma," meddai wrth Ffion.

"Be?"

"Jyst aros lle rw't ti. W't ti'n dallt? Fydda i ddim yn hir."

Aeth allan i'r cyntedd efo'i ffôn.

Gwyliodd Ffion ef yn mynd. Tad naturiol Josh. Doedd o ddim mor dew ddwy flynedd ar bymtheg yn ôl, cofiodd Ffion. Ac roedd o'n gwenu llawer iawn mwy. Dyna pam yr aeth hi efo fo, y noson feddw honno ar ddechrau'r gwanwyn. Roedd o'n dyner efo hi, cofiodd, y cwnstabl ifanc hwnnw. Yn hoffus ac yn gariadus a gofalus ohoni.

Y hi oedd yn ddiofal. *Y hi* oedd yr un wyllt a mentrus. Pan glywodd Arthur ei bod yn disgwyl babi, cynigiodd ei phriodi. Os mai dyna be roedd hi eisiau. Na. Dyna, mewn gwirionedd, oedd y peth *olaf* roedd arni eisiau. Dywedodd wrtho fod sawl un wedi bod efo hi, o'i flaen ac ar ei ôl e. Ond roedd y ddau'n gwybod ei bod yn dweud celwydd.

Ar ôl i Josh gael ei eni, roedd wedi galw i'w gweld, wedi ei ffonio, wedi sgwennu ati. A phob un tro yn crefu arni i gymryd arian ganddo tuag at gynnal Josh. Gwrthododd Ffion, ar wahân i'r adegau pan oedd yn despret. Rhyw hanner dwsin o weithiau i gyd, dros y blynyddoedd.

"Dw i wastad yma iddo fo, cofia," dywedai Arthur wrthi bob tro. "Ac i titha hefyd."

Edrychodd Ffion o'i chwmpas. Doedd dim golwg ohono. Teimlai braidd yn flin tuag ato am gyfarth arni i aros lle'r oedd hi. Safodd. Roedd y sgets gan Arthur, felly doedd dim rhaid iddi aros. Aeth allan drwy ddrws cefn y dafarn.

Funud wedyn, daeth Arthur yn ei ôl. Rhegodd pan ddeallodd bod Ffion wedi gadael.

Y *blydi ffŵl gwirion!* Fo ei hun oedd y ffŵl gwirion. Dylai fod wedi dweud wrthi fod criw o gerddwyr wedi dod o hyd i gorff marw Kathy Cornwell wrth geg y goedwig.

Ei unig obaith rŵan oedd fod y *Taxman* yn credu'i fod o wedi lladd yr un iawn.

Ac unig obaith Ffion, hefyd.

27 KIRSTY (1)

CYRHAEDDODD DAU GAR HEDDLU'R tu allan i gartref Dewi Rowlands, gyda dau heddwas ym mhob un. PC Kirsty Evans oedd un ohonyn nhw. Roedd Kirsty'n gwybod yn iawn beth fyddai'n digwydd. Byddai hi'n gorfod aros efo'r ddynes tra byddai'r dynion yn cael mynd i'r tŷ ar draws y ffordd i chwilio am y seico.

Annheg, mor annheg. Roedd hi'n benderfynol o wneud ei marc, o wneud i'r bobol iawn sylwi arni. Ond roedd hynny'n anodd pan oedd rhaid iddi wneud paneidiau o de drwy'r amser, a dynion yn gwrthod gadael iddi gael ei chyfle. Ond roedd heddiw am fod yn wahanol, penderfynodd Kirsty. Roedd Dewi Rowlands yn aros amdanyn nhw ar garreg ei ddrws.

"Does 'na neb wedi dŵad allan trw'r drws ffrynt, beth bynnag," meddai. "A dw i wedi bod yn cadw golwg arno fo ers cyn i mi'ch galw chi. Ond mae'n siŵr ei fod o wedi hen ddiflannu trw'r cefn erbyn rŵan. Tra oeddan ni'n aros amdanoch chi."

"Kirsty?" meddai un o'r plismyn eraill.

Nodiodd i gyfeiriad tŷ Dewi. Roedd y neges yn glir, cer i siarad efo'r ddynes. Gan deimlo'i thymer yn codi, aeth Kirsty i mewn i'r tŷ. Roedd dynes yn eistedd ar soffa yn y parlwr, wedi'i lapio mewn gŵn nos ac yn yfed brandi. Eisteddai dynes arall wrth ei hochr. Gwraig Dewi Rowlands, tybiodd Kirsty.

"Hen bryd, hefyd," meddai honno.

Na, dw i ddim am ddioddef hyn, meddyliodd Kirsty. Mae'r ddynes arall yn iawn fel y mae hi, beth bynnag. Aeth yn ei hôl at y drws ffrynt heb ddweud gair.

"Wel!" clywodd Mrs Rowlands yn ebychu y tu ôl iddi.

Roedd y tri heddwas yn sefyll ar garreg y drws, yn ansicr ynglŷn â beth i'w wneud. Gwthiodd Kirsty trwyddyn nhw a chychwyn ar draws y stryd.

"Kirsty!"

Cerddodd hi yn ei blaen.

28 FFOI

ROEDD Y RUTH YNA'N dipyn o ddynes, meddyliodd y Dyn Tenau. Prin roedd o'n gallu cerdded ar ôl i'w phen-glin ei daro yn ei gwd. Ac roedd y poen newydd wedi ailddeffro'r hen boen y tu mewn iddo. Roedd fel pe bai'r ddau boen yn cystadlu yn erbyn ei gilydd. Ar ben hynny, roedd ei drwyn yn gwaedu fel mochyn ac yn brifo'n ofnadwy. Roedd ei chic galed wedi'i dorri, yn sicr.

Dylwn i fod yn lloerig efo hi, meddyliodd y Dyn Tenau, ond fedra i ddim bod felly. Os rhywbeth, dw i'n ei hedmygu hi. Roedd y rhan fwyaf o bobol yn ildio'n rhy hawdd. Fel y ddynes tacsi honno, yn y goedwig, yn derbyn popeth fel oen bach llywaeth. Ond roedd Ruth yn wahanol.

Mae'n rhaid i mi adael y tŷ yma. Rŵan! Peth newydd a dieithr iddo fo oedd y panig hwn. Doedd o erioed wedi gwneud llanast fel hyn o unrhyw job o'r blaen. Ac roedd hon wedi swnio mor syml. Cyrraedd y dref, edrych o gwmpas, penderfynu ar leoliad, gwneud y job, cael ei arian ac yna dianc adref o fewn ychydig oriau.

Ond rŵan dyma fo'n cael trafferth ofnadwy i fynd i lawr grisiau, hyd yn oed. A'r heddlu ar fin cyrraedd unrhyw funud. *Mae'n rhaid i mi adael!*

Gallai glywed sŵn rhyfedd, fel petai rhywun yn griddfan. Yna sylweddolodd mai o'i geg ef ei hun roedd y sŵn yn dod. Roedd o bron yn ddall gyda phoen, bron â drysu. Hanner ffordd i lawr y grisiau, saethodd ei hen boen drwy'i gorff ac i'w feddwl. Collodd ei afael ar y ganllaw a syrthiodd i lawr y grisiau, gyda phob gris fel gweillen yn cael ei gwthio i mewn i'w stumog. Roedd o'n crio erbyn hyn, sylweddolodd. Yn crio fel babi. Gallai glywed seiren yn dod yn nes.

Dwy seiren. *Mae'n rhaid i mi adael!*

Cododd a throi am gefn y tŷ. Roedd dau gar yr heddlu y tu allan, a chlywodd ddrysau'n cau.

Yn y gegin, llithrodd a tharo yn erbyn y bwrdd. Mwy o boen. Roedd hyd yn oed y dodrefn yn ceisio'i rwystro, yn gwneud eu gorau i'w gadw yma. O'r diwedd, cyrhaeddodd y drws cefn. Teimlai'r awyr iach, oer yn fendigedig ar ei wyneb.

Llithrodd yn yr ardd a syrthio unwaith eto ar ei hyd. Dail y tro hwn, dail a glaswellt gwlyb, ac am eiliad neu ddau meddyliodd mor braf fyddai gorwedd yma a chael cysgu'n sownd. Ond na, roedd yn rhaid iddo ddianc.

Cyrhaeddodd ffens bren, uchel ym mhen pella'r ardd. Y tu ôl iddi roedd parc arall. Cofiodd y Dyn Tenau fod y strydoedd yn y rhan swanc yma o'r dref rhwng dau barc. Roedd y parc hwn, yn y cefn, yn un mawr. Roedd yn llawn coed, gyda chaeau a mwy o goed y tu ôl iddo. *Perffaith!*

Heblaw am un peth. Roedd y ffens yn rhy uchel, yn uwch na'i ben, o gryn dipyn. Dros chwe throedfedd o ffens bren. *Alla i ddim dringo hon!*

Yna gwelodd ferfa yn llawn dail wrth droed y ffens. Cydiodd ynddi a'i throi drosodd a'i rhoi i orffwys yn erbyn y ffens fel ysgol, ar ei sefyll, efo'i holwyn yn y pridd. Gwthiodd hi, a'i hysgwyd. Oedd, roedd hi'n siŵr o ddal ei bwysau. Doedd o ddim yn drwm iawn y dyddiau yma.

Dringodd ar yr olwyn, yna i fyny gwaelod y ferfa at ei breichiau. Caeodd ei fysedd am dop y ffens.

"Hei! *Police!*" clywodd lais dynes yn gweiddi.

Tynnodd ei hun i fyny. *Mae'n rhaid i mi ddianc o'r lle yma!* Ac i ben y ffens ag o. Clywodd sŵn traed yn rhedeg ato dros y glaswellt gwlyb.

Paid â throi! Jyst cer! Gollyngodd ei afael, a syrthiodd i lawr yr ochr arall. Gwaeddodd mewn poen wrth iddo daro'r llawr, ond doedd dim amser rŵan i feddwl am boen. Roedd yn rhaid iddo fo fynd. I mewn i ganol y coed.

29 KIRSTY (2)

O'R DRWS FFRYNT GALLAI Kirsty weld reit trwodd i'r gegin. Teimlodd ddrafft oer ar ei hwyneb. Roedd rhywun newydd agor y drws cefn.

"Kirsty, aros!" gwaeddodd rhywun y tu ôl iddi.

Ond doedd PC Kirsty Evans ddim am aros. Drwy ffenestr y gegin gwelodd ddyn main mewn côt ddu laes yn defnyddio berfa i ddringo'r ffens ym mhen draw'r ardd. Cafodd fflach sydyn o hen ffilm *Draciwla*, fel roedd Draciwla'n dringo fel ystlum i fyny wal ei gastell.

Rhedodd Kirsty allan i'r ardd.

"Hei!" gwaeddodd. "*Police!*"

Ond chymerodd y dyn ddim sylw ohoni. Diflannodd dros ben y ffens. Heb feddwl o gwbl, dringodd Kirsty i fyny'r ferfa a'i ddilyn. Doedd dim golwg o'r dyn. Rhaid ei fod o wedi rhedeg i mewn i'r goedwig.

"Kirsty!" galwodd un o'r heddlu o'r ardd y tu ôl iddi.

"Dw i'n ol-reit," atebodd. "Mae o wedi dianc i mewn i'r goedwig."

"Aros amdanon ni, wnei di?"

Ond i mewn i'r goedwig yr aeth hi.

Lle mae'r tabledi? Chwiliodd y Dyn Tenau drwy'i bocedi'n wyllt – pocedi ei gôt, ei drowsus a'i siaced, drosodd a throsodd. Ond doedden nhw ddim yno.

Rhaid bod y tabledi wedi syrthio allan o'i boced yn stafell 'molchi Ruth. Roedd o'n barod i feichio crio. Gwyddai na allai fynd yn ôl i chwilio amdanyn nhw. Erbyn hyn, roedd tŷ Ruth yn siŵr o fod yn berwi efo heddlu. Fel tomen sbwriel yn berwi o lygod mawr, meddyliodd.

Roedd o'n gwybod hefyd na allai fyw heb ei dabledi. *Dw i wedi marw, felly*, meddyliodd. *Anghofiwch am y naw mis oedd gen i ar ôl.*

Yna clywodd sŵn rhywun yn dod amdano drwy'r coed. Gwrandawodd.

Un person. Tynnodd ei gyllell allan o boced frest ei gôt. *Diolch byth na chollais i mohoni*, meddyliodd. *Waeth i mi ei defnyddio hi, ddim.*

Does gan ddyn marw ddim byd i'w golli. A dyna oedd y peth call, rhesymol olaf ddaeth i'w feddwl. Aeth pethau'n flêr iawn wedyn y tu mewn i ben y Dyn Tenau.

Daeth y boen yn ei geilliau a'r boen yn ei stumog at ei gilydd. Roedd ei du mewn i gyd yn llosgi – yn llosgi fel y llosgodd cartref Leonard Christie. Felly, pan gerddodd y blismones ifanc heibio i'r goeden lle'r oedd o'n cuddio...

Arhosodd Kirsty, a gwrando. Roedd rhywbeth ar goll. Yna sylweddolodd beth oedd o. Dylai hi fod yn gallu clywed sŵn y dyn yn symud drwy'r goedwig. Doedd dim llwybr yn y rhan yma, ac roedd llwyni a drain yn tyfu'n dew ym mhobman.

Oedd o wedi aros hefyd? Oedd o'n aros amdani hi, y tu ôl i goeden neu yn ei gwrcwd yng nghanol y llwyni?

Neidiodd Kirsty pan glywodd lais rhywun yn craclan dros ei radio. Doedd o ddim yn glir iawn. Symudodd yn ei blaen ychydig yn y gobaith o gael gwell signal... ac o gornel ei llygad gwelodd rywbeth yn symud. Heb feddwl, cododd ei llaw a'i radio i fyny at ei hwyneb. Teimlodd dân poeth yn llosgi ar draws cefn ei llaw, rhan o'i gên, ochr ei gwddf, ei hysgwydd a'i bron dde.

Gwyliodd ei llaw a'i blows wen yn troi'n goch. Yna teimlodd rhyw oerfel rhyfedd yn llifo dros ei chorff. Clywodd chwiban uchel, fain yn ei phen. Gwelodd y dyn yn sefyll o'i blaen ac yn codi'i gyllell. Yna aeth popeth yn ddu a syrthiodd Kirsty i'r ddaear.

Plygodd y Dyn Tenau drosti, ei gyllell yn erbyn ei gwddf.

Am joban flêr!

"Wela i di'n o fuan," sibrydodd, a thynnu ochr y gyllell ar draws ei gwddf.

"Kirsty!" gwaeddodd rhywun.

Trodd y Dyn Tenau a mynd gan adael PC Kirsty Evans yn cicio ar y ddaear; roedd ei gwaed yn llifo allan o'i chorff yn gymysg â'i breuddwydion. Erbyn i'r heddwas cyntaf ei chyrraedd, roedd y Dyn Tenau wedi llithro o'r golwg.

A dechreuodd y prynhawn llwyd droi yn nos ddu.

30 PANIG

BLYDI FFION! MEDDYLIODD ARTHUR. Beth yn y byd oedd yn bod ar yr eneth? Ceisiodd Arthur frysio drwy'r strydoedd, ond roedd pobol – pobol, pobol, blydi pobol – ym mhob man, yn ei ffordd. Pobol yn gadael eu gwaith am y dydd ac yn ymuno â phobol eraill oedd yn chwilio am fargeinion cynnar ar ôl y Nadolig. Un afon fawr, flêr, fyrlymog o bobol.

Camodd i mewn i stryd gefn gul rhwng dwy siop a thrio galw rhif ffôn Ffion eto. Canodd y ffôn ddeg gwaith y pen arall cyn iddo ddiffodd ei ffôn ef. Doedd o ond newydd gamu'n ei ôl i'r stryd pan ganodd y ffôn yn ei law. Gwelodd enw DI Jenny James.

"Arthur, lle uffarn w't ti?" Cyn iddo fedru ateb, meddai Jenny, "Ma petha'n flêr ddiawledig. Ty'd yn syth i Stryd y Parc, rhif 27."

Teimlodd Arthur ei du mewn yn troi.

"*Lle?* Nid… nid tŷ Ruth Dexter?"

"W't ti'n 'i *nabod* hi?" gofynnodd Jenny.

"Dw i newydd fod yn siarad efo'i phartner hi. Jenny, be sy 'di digwydd? Ydi Ruth yn iawn?"

"Ydi, trw' ryw wyrth. Ymosododd o arni tra oedd hi yn y bath. Wedi gneud 'i orau i'w lladd hi, medda hi. Ond, Arthur..."

Cliriodd Jenny ei gwddf sawl gwaith.

"Jenny? W't ti'n ocê?"

"Mi lwyddodd o i ladd Kirsty Evans, Arthur. Yn y parc, wrth ddianc."

Teimlai Arthur yn swp sâl.

Ond roedd y darnau wedi disgyn i'w lle.

"Jenny, dw i'n gwbod be mae o'n 'i 'neud!" meddai. "*A lle mae o'n mynd rŵan.*"

"Be?"

"*Mi gafodd o 'i weld*, neithiwr, Jenny. Ma gynnon ni dyst. Partner Ruth Dexter, yn Pandora's. Ffion McLean. Dw i newydd fod yn siarad efo hi. A gwranda, Kathy Cornwell, Ruth... *tacsis*, Jenny! Mae o'n chwilio am bwy bynnag ddaru'i weld o neithiwr. *Ffion McLean!*"

"Lle ma hi'n byw, Arthur?"

"Fflatia Rhyd-y-Felin. Bloc 3. Llawr ucha. Jenny, ma isio anfon..."

"Wn i. Bob dim sgynnon ni. Gad o i mi, Arthur. Mi gliria i bob dim efo'r DCI. W't ti ar dy ffordd yno rŵan?"

"Yndw!"

Diffoddodd ei ffôn. Tacsi, meddyliodd, mi ga i dacsi... Ond wrth gwrs, doedd yna'r un. Os oedd Kathy Cornwell wedi'i lladd, byddai'r busnes ar gau. Dechreuodd gerdded mor gyflym ag roedd hi'n bosibl i ddyn mawr fel y fo ei wneud. Wrth gerdded, deialodd rif ffôn Ffion eto.

Canodd y ffôn drosodd a throsodd y pen arall, a'r sŵn fel tasa fo'n ei sbeitio.

31 MARC

GWTHIODD Y DYN TENAU ei ffordd drwy'r goedwig, prin yn sylwi ar y drain yn ei grafu a'r dail poethion yn ei bigo. Roedden nhw i gyd ar ei ôl rŵan – roedd e'n gwybod hynny.

Roedd popeth ar ben.

Ond dw i ddim wedi gorffen! Ac mi wnaethon nhw addo fod gen i naw mis arall.

Dydi hyn ddim yn deg!

Roedd yr anifail bach creulon hwnnw y tu mewn iddo yn ei brocio ymlaen, yn rhoi brathiad bach milain iddo bob hyn a hyn. Fel petai'n ei atgoffa ei fod o yno o hyd. Fel petai'n dweud wrtho, does ond isio i ti aros am funud i gael dy wynt atat, ac mi fydda i'n dy frathu go iawn. Ac unwaith y bydda i'n dechrau, 'wash i, wnei di ddim codi eto.

Daeth at ben pella'r goedwig. *Lle rŵan?*

Gallai weld blociau o fflatiau yn y pellter, dau dŵr hyll yn sbio i lawr dros y dref. Yn un o'r rheiny yr oedd Hi. Roedd o'n gwybod hynny. Ei bai Hi oedd hyn i gyd. Oni bai amdani Hi, buasai gartre rŵan efo'i chwaer. Damia Hi!

Roedd llyn bychan o'i flaen, ac aceri o dir agored wedyn lle'r oedd y caeau chwarae pêl-droed a rygbi. Roedd o'n gwybod na allai groesi ar draws y rheiny. Unrhyw funud rŵan byddai'r heddlu'n cyrraedd, dwsinau ohonyn nhw, gyda chŵn a cheir ac, mae'n debyg, hofrennydd. Wedi'r cwbl, roedd o wedi lladd un ohonyn nhw erbyn hyn, a doedd dim byd yn ormod o drafferth iddyn nhw pan fyddai hynny'n digwydd.

Clywodd leisiau'n dod o'r goedwig y tu ôl iddo. Ac yna gwelodd fod un car wedi'i barcio wrth ochr y llyn. Clywodd sŵn byddarol y rwtsh tecno uffernol hwnnw oedd i'w glywed ym mhob man y dyddiau hyn. Gwelodd mai dim ond un person oedd yn eistedd yn y car. Baglodd allan o'r goedwig ac am y car.

Marc oedd enw'r bachgen, ac roedd o ar goll yn ei fyd bach ei hun. Meddwl yr oedd o am y noson o'i flaen, am ferch o'r enw Claire ac am y condoms roedd ganddo yn ei waled. Roedd y miwsig yn taranu'n uchel ofnadw o'r *boom box* ac yn brifo'i glustiau, y bas yn saethu fel trydan drwy'r car ac yn cosi gwaelodion ei draed. Fasa Marc ddim wedi clywed tasa King Kong wedi rhuo reit yn ei glust.

Cafodd sioc wrth i'r drws agor yn sydyn. Neidiodd yn ei sedd. Dechreuodd droi, ond roedd rhywun wedi gafael ynddo gerfydd ei wallt a'i lusgo allan o'r car cyn iddo sylweddoli beth oedd yn digwydd. Gwaeddodd mewn poen wrth deimlo'i wallt yn cael ei rwygo allan o'i ben. Yna roedd o'n gorwedd ar y ddaear wlyb, a thrwy'i ddagrau gwelodd ddyn canol oed, moel a thenau yn eistedd wrth olwyn y car.

"Hei!"

Dechreuodd godi a mynd i'r afael â'r dyn, ond trodd hwnnw'n sydyn gan wthio'i law tuag at Marc. Teimlodd Marc dân poeth yn llosgi ar draws ei fysedd, a gwelodd ei waed yn llifo i lawr ei law. Cododd y dyn ei gyllell eto a syrthiodd Marc yn ei ôl. Clywodd chwiban fach filain wrth i'r gyllell fethu'i drwyn.

Yna roedd y dyn wedi cau drws y car, troi'r allwedd a gyrru i ffwrdd fel dyn meddw, dros y glaswellt ac am y giatiau.

"Hoi!" gwaeddodd Marc yn llipa. Edrychodd Marc ar ei law. Roedd dau o'i fysedd yn hongian yn rhydd.

Llewygodd.

32 RHYD-Y-FELIN

Safodd Ffion gyda'i hallwedd yn ei llaw, yn barod i'w gwthio i mewn i glo drws y fflat. Trwy'r pren gallai glywed sŵn saethu a sgrechian a gweiddi a seirenau ceir heddlu.

A sŵn teliffon yn canu y tu ôl i'r cyfan – yn canu ddeg o weithiau i gyd cyn tewi. Roedd Josh yn amlwg yn rhy ddiog i godi a'i ateb. Na, meddyliodd. Fedra i ddim diodda hyn rŵan. Byddai'n ffraeo efo Josh eto fyth. Roedd siarad hefo Arthur wastad yn ei gwneud yn bigog, am ryw reswm. Ac roedd Josh *mor* debyg iddo fo. Yn mynd yn debycach iddo bob blwyddyn wrth iddo fynd yn hŷn.

Rhoddodd ei hallwedd yn ôl yn ei phoced ac aeth i fyny i'r to. Ar yr union adeg honno fe gyrhaeddodd y Dyn Tenau y tu allan i'r bloc o fflatiau. Eisteddodd yn y car yn cael ei wynt ato. Dyn a ŵyr sut y llwyddodd i yrru yma drwy'r dref. Rhaid ei fod o wedi gyrru fel dyn meddw. Diolch byth fod yr heddlu i gyd yn brysur.

Chwarddodd yn uchel wrth sylwi ar yr eironi. Wrth gwrs eu bod nhw'n brysur.

Y fo'i hun oedd wedi rhoi gwaith iddyn nhw. Roedden nhw'n brysur yn chwilio amdano fo!

Chwarddodd eto, ond trodd ei chwerthin yn floedd uchel o boen. Curodd ei ben drosodd a throsodd yn erbyn yr olwyn lywio. Roedd o'n trio creu poen newydd i fynd â'i sylw oddi ar y boen y tu mewn iddo. *Mae amser yn brin!*

"Dw i'n gwybod!" gwaeddodd.

Dringodd allan o'r car. Oedd ei gyllell ganddo o hyd? Oedd, ym mhoced ei gôt, yn gynnes ac yn stici gyda gwaed y blismones ifanc a'r hogyn oedd piau'r car.

Tynnodd y pisyn papur o'i boced a chraffu arno. Ia, hwn oedd y cyfeiriad iawn.

Cychwynnodd am ddrws y fflatiau.

33 Y LLAWR UCHAF

ROEDD LLAWER O GEIR wedi canu'u cryn yn flin ar Arthur wrth iddo groesi'r strydoedd, reit o'u blaenau, fwy nag unwaith. Tyff, meddyliodd bob tro, a chodi dau fys ar sawl gyrrwr. *Does gen i ddim amser!* Canodd car arall ei gorn arno, a throdd i'w wynebu gyda'i ddau fys i fyny'n barod. Ond roedd drws cefn y car yma'n agor a rhywun yn gweiddi arno. Jenny James oedd yno, hefo DCI Lewis.

Dringodd Arthur i mewn i gefn y car.

Roedd y lifft yn drewi o chwd ac o biso ac o Duw a ŵyr beth arall, ac roedd y waliau metel yn graffiti drostyn nhw i gyd. Pwy fasa isio byw yn y fath le, meddyliodd y Dyn Tenau.

Caeodd ei lygaid a gweld y semi bach twt lle'r oedd o'n byw efo'i chwaer. Fel tasa fo'n sefyll y tu allan iddo fo, ar y palmant. Roedd golau yn y parlwr, a choeden Nadolig fach daclus yn y ffenestr. Cyn bo hir rŵan byddai ei chwaer yn cau'r llenni cyn setlo o flaen y teledu gyda phanad yr un iddyn nhw a phlatiad o frechdanau twrci a saws cranberi.

Yna agorodd drysau'r lifft ac agorodd y Dyn Tenau ei lygaid.

Y llawr uchaf...

34 CYRRAEDD

EDRYCHODD Y DYN TENAU eto ar y dudalen a rwygodd allan o lyfr Ruth.

Ia, hwn oedd y fflat. Roedd rhywun i mewn, hefyd. Gallai glywed sŵn y teledu'n bloeddio drwy bren y drws.

Cydiodd yn ei gyllell. A daeth y boen yn ôl, fel tân yng ngwaelod ei fol.

Na! Ddim rŵan! Plîs! Pwysodd â'i gefn yn erbyn drws y fflat, ei wyneb yn wyn ac yn sgleinio o chwys. Yn araf, dechreuodd y boen gilio, fel petai'r anifail bach creulon hwnnw wedi cymryd trueni drosto. Sythodd yn araf a throi eto at y drws.

Reit, meddyliodd. Canu'r gloch. A phan fydd y ddynes yn agor y drws, un slasan sydyn efo'r gyllell ar draws ei gwddf. A dyna ni. *Job done.* O'r diwedd.

Gwasgodd ei fawd yn erbyn botwm y gloch.

Crynodd Ffion. Doedd hi ddim yn gynnes yma ar ben y to, ond roedd ei chôt dew wedi'i harbed rhag yr oerni tan rŵan. Doedd gan hyn ddim byd i'w wneud â'r tymheredd. Roedd fel petai rhywun newydd gerdded dros ei bedd.

Edrychodd ar ei wats. Roedd yn hen bryd iddi feddwl am symud. Roedd hi angen cawod a rhywbeth i'w fwyta cyn mynd allan i weithio. Cododd a throi am y drws oedd yn arwain at y fflatiau.

"O, *piss off!*" meddai Josh.

Roedd pwy bynnag oedd yn canu'r gloch yn benderfynol o gael ateb. Dyma'r drydedd waith i'r gloch ganu. A'r tro hwn, roedd pwy bynnag oedd yna yn dal ei fys ar y botwm. Wrth i Josh godi ar ei draed, syrthiodd y briwsion oddi ar ei siwmper i'r carped.

Shit! Mae'n siŵr y caf row am hynna hefyd, pan ddaw Mam adra, meddai wrtho'i hun.

Falla mai hi sydd yno rŵan, wedi anghofio'i hallweddi.

Here we go again, meddyliodd wrth agor y drws.

115

35 JOSH

DECHREUODD Y DRWS AGOR a thynnodd y Dyn Tenau ei gyllell allan o'i boced. Yna trodd yr anifail bach milain hwnnw yn ei gwsg a rhoi brathiad bach sydyn iddo cyn setlo'n ôl i gysgu.

Yr hyn a welodd y Dyn Tenau, eiliad cyn iddo gau'i lygaid mewn poen, oedd clamp o fachgen mawr, tew yn agor y drws. Ond roedd o'n rhy hwyr; roedd ei gyllell eisoes ar ei ffordd.

Yr hyn a welodd Josh oedd dyn canol oed yn chwifio cyllell fawr i'w gyfeiriad. Yna gwelodd y dyn yn cau'i lygaid ac yn hanner griddfan fel rhywun mewn poen. A theimlodd wynt oer yn chwythu dros ei wyneb wrth i'r gyllell ei fethu.

Syllodd y ddau ar ei gilydd am eiliad. Yna camodd y Dyn Tenau ymlaen a chodi'i gyllell eto.

A chaeodd Josh y drws yn ei wyneb, yn union fel y byddai'n rhoi clep i'r drws pan fyddai wedi gwylltio efo swnian ei fam.

Yn anffodus i'r Dyn Tenau, roedd ei wyneb hanner ffordd i mewn trwy'r drws. Trodd ei drwyn yn flodyn coch am yr ail waith y prynhawn hwnnw wrth i'r drws ei daro, gyda holl nerth bachgen un ar bymtheg oed y tu ôl iddo fo. Syrthiodd yn ôl i'r coridor gyda bloedd o boen.

Hanner ffordd i lawr y grisiau o'r to, clywodd Ffion rywun yn gweiddi yng nghoridor y fflatiau. Ochneidiodd. Roedd rhywun neu'i gilydd *wastad* yn gweiddi yn y fflatiau yma. Gweiddi a rhegi a sgrechian a ffraeo a chwffio. Fel Josh a fi, meddyliodd. Rhywle, yn y pellter, gallai glywed seirenau'n agosáu. Agorodd y drws i'r coridor.

Gwelodd y Dyn Tenau fod drws y fflat ar agor. Efo'i drwyn yn pistyllio gwaed, cododd ar ei draed ac aeth i mewn. A'r eiliad nesaf camodd Ffion i mewn i'r coridor. Y peth cyntaf a welodd oedd bod drws ei fflat hi'n llydan agored.

Faint o weithia sy isio deud wrth yr hogyn yna, meddyliodd yn flin. Doedd neb yn gadael eu drysau ar agor yn y bloc arbennig yma. Brysio i mewn a'u cau a'u cloi ar eu holau fyddai pawb call.

Yna gwelodd fod gwaed ar y llawr y tu allan i'r drws. *Y tu allan i'w drws hi.* O, blydi hel! Be rŵan? Brysiodd i mewn i'r fflat.

"Josh?" gwaeddodd.

Yn y stafell fyw, roedd Josh o flaen y teledu,

gyda'r soffa rhyngddo fo a'r drws. Y tu ôl i'r soffa, roedd y Dyn Tenau.

O'i flaen, roedd Josh yn gwylio ffilm arswyd. Roedd ceg a thrwyn y Dyn Tenau yn un llanast mawr coch ac roedd hen sŵn annifyr, fel cawl yn byblo, yn dod allan o'i wddf. Roedd o'n dal cyllell ac yn ei chwifio'n ôl ac ymlaen o'i flaen. Yna pesychodd yn wlyb, a phoeri. Syrthiodd dau ddant allan o'i geg ac ar y soffa.

Teimlodd Josh ei bledren yn gwagio, a phiso poeth yn llifo i lawr ei goes.

"Josh?"

Trodd y dyn yn sydyn, fel neidr. Daeth Ffion i'r golwg. Gwelodd hi'r Dyn Tenau a gwelodd yntau Ffion.

"Ti!" gwaeddodd. *"Ti!"*

Rhuthrodd am Ffion...

A chyda bloedd rhuthrodd Josh amdano fo, gan anghofio fod y soffa yn ei ffordd. Ceisiodd ddringo drosti ond roedd o'n rhy drwm a syrthiodd y soffa'n ôl gan daro cefn coesau'r Dyn Tenau. Roedd o erbyn hyn wedi cychwyn allan o'r ystafell ar ôl Ffion.

Roedd yr ergyd yn ddigon i'w fwrw i'r llawr. Collodd ei afael ar ei gyllell. Ac yntau bellach ar ei bedwar, sgrialodd amdani. Cydiodd yn yr handlen a straffaglu i godi, ond roedd rhywbeth yn ei rwystro.

Be gythral? Trodd a gweld fod y bachgen tew yn cydio yng ngwaelodion ei drowsus.

"Na!" gwaeddodd.

Gyda'i holl egni, plannodd y Dyn Tenau y gyllell yng nghefn llaw Josh. Sgrechiodd hwnnw wrth i'r gyllell fynd drwy gnawd ei law. Roedd blaen y gyllell yn sownd yn y llawr, a sgrechiodd y bachgen yn uwch cyn llewygu wrth i'r Dyn Tenau ei thynnu'n rhydd.

Allan â fo i'r coridor a gweld bod y drws i'r to yn agored.

36 AR Y TO

BAGLODD FFION I FYNY'R grisiau concrit i'r to.

Ond pam wnest ti redeg am y to, meddyliodd. *Blydi stiwpid!*

Dylai hi fod wedi troi'r ffordd arall a rhedeg *i lawr* y grisiau. Faint o weithiau oedd hi wedi colli amynedd gyda merched mewn ffilmiau oedd yn gwneud pethau dwl fel hyn?

Ond wnes i ddim meddwl. Yr unig beth o'n i isio oedd denu sylw'r crîp yna oddi wrth Josh.

Yna clywodd Josh yn sgrechian. Ddwywaith.

"*Josh!*" gwaeddodd.

Trodd yn ei hôl a chychwyn i lawr y stepiau. Yna rhewodd. Roedd y Dyn Tenau'n sefyll ar y gwaelod. Camodd Ffion yn ôl i fyny'r stepiau, wysg ei chefn, i'r to. A dilynodd y Dyn Tenau hi.

Cyrhaeddodd Arthur a dau swyddog eiliadau'n unig ar ôl y ddau gar heddlu arall. Roedd Arthur wedi camu allan o'r car bron cyn iddo stopio.

"Na, Arthur!" meddai DCI Lewis. "Arhosa am bawb arall."

"Sori, syr, ddim y tro 'ma. Fedra i ddim aros."

Brysiodd at y fynedfa i'r fflatiau. Rhegodd y DCI a dringo allan o'r car, gyda Jenny ar ei ôl.

"Aros yma, Jenny!" meddai'r DCI. "Bydd angan rhywun i roi trefn ar y lleill, pan ddôn nhw." Cychwynnodd redeg am y fflatiau. "Wel, pidiwch â sefyll yna fel delwa!" gwaeddodd ar y pedwar heddwas arall wrth rasio heibio iddyn nhw. "Ewch ar 'i ôl o!"

Ar y to, camodd Ffion yn ei hôl, ei llygaid ar y gyllell fawr oedd yn dod tuag ati.

Gwelodd bod gwaed arni.

Gwaed Josh?

"Be w't ti wedi'i neud iddo fo?" sgrechiodd wrth y Dyn Tenau.

Arhosodd y gyllell a phwyntio tua'r ddaear am eiliad. Roedd y dyn yn ysgwyd ei ben, fel petai'n ceisio clirio rhyw niwl o'i feddwl.

"Be?" meddai. "Pwy?"

"Be w't ti wedi'i neud i'm mab i?" sgrechiodd Ffion, a chamodd y dyn yn ei ôl fel petai Ffion wedi'i daro.

Ddim wedi deall oedd y Dyn Tenau mewn gwirionedd. Roedd y boen y tu mewn iddo'n waeth nag erioed. Roedd ei gorff i gyd yn llosgi oddi mewn, ei waed yn berwi a'i nerfau'n rhwygo'n rhydd fesul un.

Ac ma'r ddynas yma'n sgrechian arna i ac ma'r swn yn uffernol, yn mynd trw' 'mhen i fel bwyell. Fel cyllell... cyllell...

Ysgydwodd ei ben eto a chodi'r gyllell. Symudodd y ddynes yn ei hôl, yn nes ac yn nes at y wal isel oedd ym mhen pella'r to. Teimlodd Ffion y wal yn taro yn erbyn gwaelod ei chefn. Doedd dim byd ond tywyllwch gwag y tu ôl iddi rŵan.

"*Be wnest ti iddo fo?*" sgrechiodd eto.

Gwingodd y dyn eto, a'r tro hwn trodd ychydig oddi wrthi.

Mae hwn mewn poen, sylweddolodd Ffion. *Ac mae fy sgrechian i'n ei wneud o'n waeth.* Agorodd ei cheg a sgrechian ar dop ei llais.

Baglodd y Dyn Tenau yn ei ôl. Roedd y swn yn llifio drwy'i ben, fel dril anferth. Edrychodd ar y ddynes. Roedd hi'n sefyll yno â'i hwyneb yn hyll wrth iddi agor ei cheg a saethu rhagor o'r swn ofnadwy hwnnw i'w gyfeiriad.

"*Paid!*" gwaeddodd yn ôl arni. "*Paid!*"

Ond roedd hi'n gwrthod rhoi'r gorau iddi. Roedd hi'n sefyll yno'n sgrechian arno. Roedd yn rhaid iddi beidio. Roedd yn rhaid rhoi taw arni!

Agorodd y Dyn Tenau ei geg a gweiddi cyn rhuthro am Ffion.

37 HEDFAN

I LAWR YN Y maes parcio, roedd DI Jenny James mewn panig ofnadwy. Lle roedd yr holl *backup?* Roedd golau sbot yr hofrennydd uwchben y fflatiau yn goleuo'r to. Gallai weld fod rhywun yn sefyll reit ar ymyl y to. Pwy, doedd wybod.

I wneud pethau'n waeth, roedd pobol wedi dechrau dod allan o'r fflatiau i fusnesu, llawer ohonyn nhw'n pwyntio at y to ac yn gweiddi Duw a ŵyr beth. Mae hyn yn shambyls llwyr, meddyliodd Jenny.

Ac yna clywodd sgrech uchel. Edrychodd i fyny mewn pryd i weld ffigwr yn hedfan i lawr amdani o'r awyr. Siâp tywyll, fel aderyn anferth yn dod yn nes ac yn nes.

Glaniodd mewn cawod o waed. Fel sachaid o datws mash ar ben to un o'r ceir oedd wedi'i barcio y tu allan i'r fflatiau.

Fel petai hi mewn ffilm *slow motion*, gwyliodd Ffion y Dyn Tenau'n rhuthro amdani, ei gyllell yn chwifio'n ôl ac ymlaen fel tasa fo'n ceisio llifio'r awyr. *Symuda*, gwaeddai ei holl nerfau.

O'r diwedd dechreuodd ei choesau ufuddhau. Trodd a theimlo'i thraed yn llithro ar wyneb y to gwlyb.

Un funud roedd Ffion yno o'i flaen, a'r eiliad nesaf doedd dim golwg ohoni. Teimlodd y Dyn Tenau ei bengliniau'n taro'n galed yn erbyn y wal. Mwy o boen. Yna, roedd y gwynt yn fendigedig o oer yn erbyn ei wyneb ac yn sibrwd pethau neis yn ei glustiau. A deallodd.

NA! Naw mis! Mi wnaethon nhw addo naw mis.

"*Naaaa!* sgrechiodd. Gwelodd do car yn rhuthro i fyny i'w gyfarfod.

Yna roedd o'n sefyll y tu allan i'r semi lle'r oedd o a'i chwaer yn byw. Gallai ei gweld hi'n sefyll yn y ffenest wrth y goeden Nadolig. Mae hi'n aros amdana i, meddyliodd. A gwenodd. Doedd dim poen ganddo rŵan, dim poen o gwbl. Cododd ei law ar ei chwaer a chychwyn cerdded at y tŷ. Ond roedd ei chwaer yn sbio reit drwyddo fo. Ac fe welodd hi'n cau'r llenni.

Diflannodd y golau. Dim byd ond tywyllwch rŵan. A llais dynes y tu ôl iddo, yn dweud, "Tacsi?"

38 EPILOG

ROEDD JOSH YN CYSGU'N sownd. Roedd cadach mawr gwyn, fel maneg focsio, am ei law dde. Wrth ochr y gwely roedd Ffion ac Arthur yn sefyll, y naill na'r llall heb ddweud gair ers amser.

Yna gofynnodd Ffion, "Landio ar ben 'y nghar i wna'th o, yn de?"

"Ia..."

"Eironig. Pwy oedd o, Arthur?"

Ochneidiodd Arthur. "Duw a ŵyr pwy oedd o go iawn. 'Dan ni'n meddwl mai... wel, ysti, rhyw *hit man* oedd o. *The Taxman* roedd pawb yn 'i alw fo."

"*The Taxman...*"

"Roedd o'n ddyn sâl, hefyd. Mi ffeindiodd y SOCO botelaid o dabledi ar lawr bathrwm Ruth. *Pain killers* cry' uffernol. Ac yn ôl y PM, roedd 'na gansar yn dew drwyddo fo. Roedd yn wyrth 'i fod o'n fyw o gwbwl. W't ti isio clywad yr hanas i gyd, Ffion?"

Edrychodd Ffion ar Josh yn y gwely. Ysgydwodd ei phen.

"Rywbryd eto, Arthur."

Distawrwydd eto.

Yna meddai Arthur, "Taswn i ond wedi cyrraedd rhyw ddeg eiliad yn gynharach... Pan welais i fo'n rhuthro amdanat ti, Ffion... Diolch i Dduw dy fod di wedi symud o'i ffordd o'n ddigon cyflym."

"Llithro wnes i, Arthur. Roedd y to'n llithrig. Fel arall..."

Crynodd.

"Tria beidio â meddwl amdano fo."

"Mi wna i, os wnei di beidio â sôn gair amdano fo."

Distawrwydd eto. Yna cliriodd Arthur ei wddf ac estyn am law Ffion.

"Ffion..."

Symudodd Ffion ei llaw oddi wrtho.

"Ddim rŵan, Arthur."

"Na... na, wrth gwrs."

Safodd. Doedd Ffion ddim wedi edrych arno o gwbl.

"Rywbryd eto, falla?"

"Na, dw i ddim yn meddwl, Arthur."

Safodd DC Arthur Jones yno am rai eiliadau yn syllu arni hi, ac ar ei fab yn gorwedd yn y gwely. Yna trodd a mynd allan i'r nos.